官商鬥法
第二輯
之8
百密有一疏
相
炮

目錄

CONTENTS

第一章◆破財消災……5
第二章◆神奇測字……27
第三章◆攔車申冤……53
第四章◆百密有一疏……79
第五章◆市委書記夫人……103
第六章◆失控場面……127
第七章◆燙手山芋……153
第八章◆有毒玫瑰……177
第九章◆兩面手法……201
第十章◆故弄玄虛……229

第一章

破財消災

孟森此刻打定主意要破財消災了，如果多花一點錢能打發這對夫妻，
問題就解決了，索性就讓這對夫妻自己開價好了，看這對夫妻這麼老土的樣子，
估計他們就算是獅子大開口，也不敢張嘴要太多的錢。

傅華笑笑說：「這就是我來跟你和好的真正目的，在小莉懷孕期間，我不想讓她因爲你我之間的矛盾而心情不愉快，所以我們和好吧。」

鄭堅這才態度和緩了些，說：「小子，這點你倒沒說錯，不過。我怎麼覺得你是在拿小莉懷孕這件事來要脅我啊？」

劉康呵呵笑了起來，說：「老鄭啊，你這句話讓我想起一個笑話來。說是有戶人家有一個女兒，三個人上門求親，其中一個說他家財萬貫，嫁給他一定會吃香喝辣；第二個人說他學富五車，一定能高中狀元，嫁給他，將來能做官太太。第三個人一副吊兒郎噹的樣子，做父親的就問：那你有什麼啊？那個人笑笑說：『我什麼都沒有。』父親就不高興了，『你什麼都沒有，又怎麼娶我的女兒啊？』那個人說：『但是你女兒肚子裏有我的孩子啊。』老鄭，你也別再固執了，傅華要脅你也好，沒要脅你也好，既然女兒肚子裏已經有了人家的孩子了，這壺酒錢你就認了吧。」

鄭堅瞅了一眼傅華，說：「好吧，你的道歉我算是接受了。」

劉康笑笑說：「既然這樣，你們倆都別站著了，趕緊坐下來點菜，我都有點餓了。」

三人就坐了下來，隨意地點了幾個菜，叫了二鍋頭，邊吃邊聊起來。

鄭堅畢竟還是關心女兒的，問傅華：「小莉懷孕了，反應強不強烈啊？」

傅華說：「目前還沒有什麼反應，可能還沒到害喜的時候吧。」

鄭堅叮囑說：「可能是。誒，週末你跟小莉一起過來，我讓你阿姨幫小莉燉點補品補補身子。」

傅華答應了。

劉康高興地說：「這就對了，這才像個翁婿的樣子嘛。」

鄭堅又囑咐傅華要照顧好鄭莉，不要讓鄭莉幹重活等等，免了動了胎氣。之後，鄭堅把話題轉移到劉康身上，說：「老劉啊，最近在忙什麼呢？好一段時間沒見你的人影了。」

劉康苦笑了一下，說：「還能忙什麼呢？還不是工程上的事情。我現在真是覺得自己做錯行業了，幹什麼工程啊？當初如果去找個煤礦開開，我現在可能都富甲一方了。」

鄭堅笑說：「怎麼看上煤礦這一行了？」

劉康說：「現在的煤老闆真是大發啊，誒，中午你們看沒看那個什麼蘇東坡寫的字帖拍賣的新聞沒有？說那個花五億買了一張紙的傻瓜，就是一個煤老闆。」

傅華不禁笑說：「新聞我沒看，可是我人就在拍賣現場，整個拍賣過程真的可以用驚心動魄來形容。」

鄭堅瞅了傅華一眼，說：「小子，你倒挺自在的，你在現場幹嘛啊？」

傅華笑笑說：「我是被我師兄拖去開眼界的，那個買下字帖的人是他的朋友。」

鄭堅說：「你師兄？就是那個在銀行的賈昊？」

傅華回說：「是啊，就是他。」

鄭堅搖了搖頭，說：「這賈昊真是越來越會玩了。」

傅華弄不清楚爲什麼煤老闆買下字帖，鄭堅卻說是賈昊會玩，這裏面有什麼他不知道的奧妙嗎？便問道：「什麼意思啊？買下字帖的是煤老闆于立，與我師兄有什麼關係啊？」

鄭堅笑笑說：「小子，你不會真的覺得那幅字帖值五億吧？」

傅華搖搖頭，說：「我不覺得真的值五億，這裏面摻的水分太大了。」

鄭堅點點頭說：「還好你沒被那五億蒙住了眼睛。我跟你說，這幅字帖拿出來拍賣的時候，就很有爭議，有一個很有權威的專家說，這幅字根本就不符合蘇東坡的一貫風格，但是奇怪的是，那個專家後來不知道怎麼了，竟修改了他的說法，說經過仔細的研究，發現這個長卷中的字體仍是符合蘇東坡的風格，推測這幅字是蘇東坡轉型時期的作品。你說奇怪不奇怪啊，明明就不符合，偏偏硬拗出一個什麼轉型時期的作品。」

劉康愣了一下，說：「假的？不會吧？那個煤老闆花五億去買一張贗品，是不是也太傻了？」

鄭堅笑笑說：「你說他傻嗎？他一點都不傻，你是不知道他在玩弄什麼手法，知道的話，你絕對會大讚他高明的。」

說到這裏，鄭堅便看了看傅華，說：「小子，我要考考你了，你說那個煤老闆和你師兄在玩什麼手法啊？」

傅華對賈昊做事的大膽是有數的，如果真是賈昊跟于立聯手做的這個局，那賈昊可能就是在打銀行的主意了。而打銀行的主意，無非就是運作信貸。但是信貸需要抵押品，難道說，于立透過拍賣做大這件字帖的價值，是想把它抵押給銀行，好從銀行獲取巨額的資金嗎？

如果真是這樣的話，于立一定要在銀行找一個內應才行，那賈昊在這件事情中所扮演的角色就很可疑了，很大程度上，他可能就是于立在銀行中的內應，甚至這個主意也許就是賈昊幫于立出的。

這麼高智商的金融運作，一個土氣的煤老闆是沒有這種頭腦的，可是對學經濟又一直在金融系統打滾的賈昊卻是輕車熟路。

賈昊的膽子也太大了，這可是內外勾結，騙取銀行資金啊。傅華不願意相信賈昊會這麼做，但是這個念頭又在他腦海裏揮之不去。

傅華懷疑地說：「他們費這麼大的勁，不會是想把這幅字畫抵押給銀行吧？」

鄭堅說：「還算你有點眼力，當然是想抵押給銀行啦，不然他做這個局幹嘛啊？難道那個挖煤的真的這麼熱愛藝術，一定要花五億買下這張紙？」

于立當然不會那麼喜歡藝術，傅華甚至覺得他連什麼是藝術都不知道，看來這很可能真是一場騙局。

不過，有些東西還是解釋不通，傅華便說：「不會吧，如果要做這個局的話，那成本也太高了，光拍賣公司的手續費就幾千萬呢。」

鄭堅笑笑說：「小子，你太幼稚了吧，像這種價值過億的拍品，買家又怎麼會跟拍賣公司按照百分之十二的比例繳納手續費呢？通常這種拍賣都是事先約定好一個固定數字的手續費的。」

傅華沒想到這裏面還有這麼多貓膩，問說：「那拍賣公司願意這麼被利用嗎？」

鄭堅說：「這你就不懂了吧？拍賣公司當然願意了，拍出這麼一件天價的物品，一定會吸引很多媒體的，拍賣公司等於是做了一次不花錢的廣告。而且能夠拍出天價的東西，在業界裏也是一件很光彩的事，這是一個對雙方都很有利的事啊。」

劉康聽了，也不禁說道：「老鄭，如果他們真的這麼玩的話，那可真是高明得很啊。」

鄭堅說：「人家這可是高智商的玩法，當然高明了。那張書法長卷不過是張紙而已，如果讓一個專做贗品的高手來做，頂多幾萬塊錢就能搞定。可是現在搞出五億的天價，就可以通過銀行中的內應一下子從銀行拿出幾億的資金來，這個CP值可是十分驚人啊。」

劉康感嘆著說：「這錢也太好騙了吧？」

鄭堅說：「銀行的錢本來就很好騙的，加上內部有人接應，會騙得更加順風順水。」

傅華卻仍不敢置信，說：「應該不可能啊，我師兄沒那麼大的膽子。」

鄭堅不以爲然地說：「小子，你瞭解你師兄嗎？你知道他在證監會的時候，人們都叫他什麼嗎？叫他賈大膽，意思是說沒有他不敢去做的事情。當初他跟那個頂峰證券的潘濤做過多少上不了臺面的事啊，那段時間他爲什麼會被調查，就是因爲他在證監會做得太出格了，被人捅到了上面，上面想要查辦他。不過這傢伙運氣很好，在最關鍵的時候，潘濤不明不白的死了，所有相關的線索都斷了，他才躲過了那一劫。」

傅華知道鄭堅說的是事實，也沒什麼可反駁的，就沒說話。

鄭堅忍不住看了傅華一眼，說：「小子，我看你跟賈昊走得挺近的？」

傅華搖搖頭說：「我跟他並不是十分親近，只是他偶而喜歡找我聊聊。這一次我也只是被他叫去開開眼界的，並沒有參與任何事。」

鄭堅提醒說：「你最好還是離他遠一點，這一次他搞得太高調了，他這些事是經不起查的，別到時候你也跟著倒楣。」

傅華明白鄭堅並不是危言聳聽，他這麼說也有關心他的意思，便笑笑說：「這個分寸我還是有的。」

晚上回到家，鄭莉正躺在床上看書，傅華幫她把書拿了起來，說：「別看了，小心累壞了眼睛。」

鄭莉說：「我沒什麼事，就只好看書等你回來了，誒，你喝酒了？」

傅華點點頭說：「會不會熏到你啊，要不今晚我去睡客房吧？」

鄭莉笑笑說：「你別這麼緊張，我才剛懷孕而已，還沒那麼大的反應。」

傅華說：「你猜我晚上去見誰了？」

鄭莉搖搖頭，說：「猜不著，誰啊？」

傅華說：「你爸爸，我跟他道歉了。」

鄭莉愣了一下，說：「你又沒做錯，幹嘛跟他道歉啊。」

傅華說：「我想我們的冷戰應該要結束了，尤其是你現在懷孕，我不想你夾在中間爲難，所以今天特地約他出來和好。」

鄭莉聽了，激動地抱了一下傅華，說：「老公，你對我太好了。我爸爸又訓你了吧？」

傅華笑笑說：「訓了幾句而已。不過一聽到你懷孕了，他的氣就消了，還邀我們週末去家裡做客呢。」

鄭莉擔心地說：「你會不會覺得自己很委屈啊？」

傅華說：「爲了你，這點事情不算什麼的。」

第二天，果然各大報紙的頭版頭條都是關於《過秦論》五億天價拍出的大幅新聞，媒體上說什麼的都有，有說五億這個價值是物有所值，分析了此物各方面的稀缺性，然後總結說拍出五億的價值實際上還並不高。

當然，其中也有質疑的聲音，有一個媒體深入報導了作品上拍的經過，質疑這幅字帖根本是一幅贗品。傅華看到這篇質疑的文章，雖然文章分析得很有道理，但還是無法證明這個字帖就是假的。

藝術品本來就沒有一個能夠衡量真假的標準，這就是于立和賈昊玩得高明的地方了，雖然藝術品市場魚龍混雜，真假難辨，但是經過拍賣公司的拍賣，那五億的價值就被專家學者、拍賣公司以及買家認可，原本虛幻的東西就變得真實了起來。

人們現在關心的是拿出五億買下這幅字的人，對於這幅作品本身的真僞，或是誰拿來拍的，並沒有人會去關心，至於是不是賣家自賣，外界的人就更無從知曉了。就這樣，一幅本來不值錢的字，經過一番炒作之後，就變成了價值五億的巨作了。

這種把戲雖然玩得高明，但是總會有被拆穿的一天，一旦于立從銀行弄出去的資金出現什麼問題，那賈昊就等著一起倒楣吧。

雖然傅華已經察覺到賈昊遊走在危險邊緣，但他並不想去提醒賈昊，他知道師兄已經陷得太深了，天作孽猶可為，自作孽不可活，賈昊現在就是在自作孽，他也只好隨他去了。

海川，城邑集團，束濤的辦公室。

孟森爲了孟副省長想要見無言的事，專程跑來跟束濤商量。

束濤聽完後，看了孟森一眼，說：「孟董啊，還是別折騰了吧。」

孟森愣了一下，說：「什麼意思啊，束董？什麼叫別折騰啊？這是孟副省長的要求，我必須要滿足他啊。」

束濤說：「孟副省長從來沒有信過這些，這臨時抱佛腳也不一定有用的。現在他省長的位置沒有到手，上上下下的目光都在盯著他呢，如果被人知道他求神拜佛，對他並不好啊。」

孟森無奈地說：「束董，這件事可不是我能決定的，我們這些跟在人家後面轉的，什麼時候有決定權了？孟副省長說要見，那我就只能替他安排。你就幫我這個忙吧，去跟無言道長說說，麻煩他跑一趟省城。」

束濤只好說：「那我去說說看吧。」

孟森感激地說：「那我先謝謝你了。對了，你上次說莫克的夫人想要結識你，這件事有進展嗎？」

束濤說：「沒有，她目前沒什麼動靜。」

孟森不禁說道：「束董，你也別坐在家裏等魚上鉤了，還是直接找上門去吧。」

束濤笑笑說：「還是有點耐心的比較好。」

孟森勸說：「那麼大一塊肥肉放在那兒，你不趕緊想辦法去吃掉它，等別人也想打它的主意再去爭取可就晚了。機不可失，時不再來，別爲了鬥一點點心機，耽誤了大事。」

孟森說的不無道理，束濤心裏有些緊張了起來，舊城改造項目如果再這麼放下去，難說就沒有人來打它的主意，天和房產那邊也不會就這麼乾看著，可能也在想什麼辦法來爭取這塊地。

這時候如果能把莫克的夫人把握住，那就等於是控制了莫克這個市委書記，也就能在爭取舊城改造項目上取得先機了。看來還真是不能傻等著莫克的夫人主動找上門來。

束濤便說：「好，我知道了，明天我就想辦法去跟莫克的老婆談一談。」

這時，孟森的電話響了，是他公司一個姓胡的副總打過來的。

胡副總說：「孟董，您趕緊回來一趟吧，褚音的父母找到公司來了。」

孟森一下還沒聽明白，說：「你說誰，褚音的父母？褚音是誰啊？」

胡副總說：「就是前些天因爲吸毒過量猝死的那個女員工啊，她名字叫褚音。」

孟森一下子從座位上彈了起來，說：「褚音的父母怎麼會找到公司來了？他們是怎麼知道我們公司的？」

胡副總說：「那個做父親的說，褚音打電話回去告訴他們，她在我們興孟集團做事，這些日子他們一直聯繫不到褚音，就打聽著找了過來，一問才知道褚音死了，好好的一個女兒就這麼沒有了，他們就非要找到您問個明白不可。」

孟森叫說：「問我有什麼用啊，褚音是自己吸毒死的，又不是我害死的。他女兒死在我那裏，我還覺得倒楣呢。你告訴他們，我在外面有事，不能見他們，快點把他們打發走。」

胡副總說：「行，我去跟他們說。」

孟森掛了電話，束濤看了他一眼，問：「孟董，那個死掉的員工家屬找上門來了？」

孟森點點頭，說：「是啊，她的父母來了。媽的，這件事情還沒完沒了了。」

束濤正色說：「叫我看，這件事情你可要慎重處理，別本來不是大事，被你鬧成了大事。」

孟森不解地說：「束董，你這是什麼意思？」

束濤說：「人家女兒都死在你這兒了，你卻連面都不露，太不近人情了。」

孟森說：「你的意思是讓我去見他們？」

束濤點點頭，說：「去見個面，給他們一點錢，把他們安撫走算了，你可別忘了，你後面還有人一直在盯著你，就等著你給他們空子鑽呢。」

孟森想了想，他背後還有一個孟副省長，鬧大了還真是不好收拾，估計束濤也是猜到事情牽涉到孟副省長，才會特意提醒他的。

孟森說：「那我就回去看看吧，無言道長的事，記得幫我趕緊安排一下。」

束濤說：「行，你就趕緊回去吧，無言道長那兒我會幫你安排的。」

孟森就匆忙趕了回去。

到了公司，就看到門口有一對五十多歲、農民模樣的夫妻站在那兒，正跟保安在糾纏著呢。這對夫妻嚷著非要見公司的老闆，保安卻說老闆不在，逼著讓這對夫妻離開。

孟森下車走了過去，臉上堆著笑容說：「你們就是褚音的父母吧？我是這個公司的老闆，孟森。」

夫妻倆看到正主來了，立即圍了過來。

做父親的說：「孟老闆，我的女兒究竟出了什麼事了，怎麼會好好的人就沒了呢？」

做母親的也說：「是啊，孟老闆，你一定要給我們一個說法，不然的話，我們就不走了。」

孟森做出一副沉痛的樣子，說：「真是對不起你們啊，褚音出這種意外我也很痛心，我們別站在這裏了，走，去我辦公室吧。」

孟森就帶著這對夫妻去了他的辦公室，坐下來後，孟森面色沉重地說：

「關於褚音吸毒猝死的情況，我跟你們說明一下。我不知道她是怎麼吸上了毒，所以也沒辦法制止她。我們發現她吸毒過量的時候，已經太晚了，雖然把她送到醫院急救，還是沒能挽回她的性命。你們看，這是醫院出具的死亡證明，以及城區公安分局刑警隊出具的死亡原因認定書，這些都證明褚音是自己吸毒過量才導致猝死的。」

褚音爸爸把孟森拿出來的資料接過去看了看，他是一個老實的農民，孟森拿出的這些官方文件嚇住了他，他看了看他的妻子，說：「老婆，你看這……」

褚音的母親卻不像褚音的爸爸那麼無能，她一把把文件拿了過來，摔到孟森的面前，嚷嚷道：「看什麼，這些東西能說明什麼啊？他們有錢有勢，隨便花點錢就能弄出這些文件來糊弄我們。」

褚音的母親直視著孟森說：「別的我不管，我就想問你，爲什麼你不肯等我們來了再火化褚音的屍體啊？弄得我們連女兒最後一面都見不到。是不是有什麼事情不想讓我們知道的啊？」

這個女人一下就說到了問題的重點，看來不能小覷，孟森就陪笑著說：「這個真對不起，主要是褚音在公司並沒有留下兩位的聯繫方式，沒辦法通知你們，屍體保存也不容易，我就擅作主張先行火化了。這個是我的錯。」

褚音的母親咬著不放說：「你有什麼資格火化屍體？你是她的家屬嗎？我倒要去公安局問一下，爲什麼他們會同意你們火化褚音的?!」

這果然是沒辦法自圓其說的地方，當時孟森急於處理褚音的屍體，因而冒認了是褚音的家人。

孟森好言說道：「我跟你們講，我真的沒隱瞞你們什麼，可能我處理褚音的屍體過程有些不當，不過錯已經鑄成，也沒辦法改了。」

「這樣吧，」孟森說著，打開了身旁的保險櫃，從中拿了兩萬塊錢，掂量了一下，覺得少了點，又拿了三萬出來，湊成了五萬，他把這五萬推到夫妻倆的面前，說：「兩位，不管怎麼說，褚音是在我這裏出事的，是我沒管理好她，這點錢算是我給兩位的補償，希望兩位收下。」

褚音的爸爸又看了妻子一眼，褚音的母親生氣地說：「你看我幹嘛？五萬塊就讓你心動了？五萬塊就能買你女兒一條命了嗎？」

褚音的爸爸低下頭，不敢吱聲了。

褚音的母親看了孟森一眼，態度很堅決地說：「這錢我們不要，我女兒死得不明不白的，你們又這麼急著就把她火化了，一定是想隱藏什麼事情。你們一定要給我一個交代，否則我絕不會善罷甘休的。」

孟森心說：這女人怎麼這麼難鬥啊？我肯出五萬塊給你們，已經夠委屈我自己的了。按照我平常的脾氣，這時候早就揍你們一頓了。

不過，孟森也知道這件事最好是大事化小，小事化無，只好強行把胸中的火氣壓了壓，耐著性子說：

「兩位，我知道你們突然失去女兒，一定很痛心。但事已至此，有些東西也無法挽回了，這樣吧，你們覺得多少錢能夠讓你們滿意，說個數字出來。」

孟森此刻打定主意要破財消災了，如果多花一點錢能打發這對夫妻，問題就解決了，索性就讓這對夫妻自己開價好了，看這對夫妻這麼老土的樣子，估計他們就算是獅子大開口，也不敢張嘴要太多的錢。

然而，孟森卻忽略了一個痛失女兒的母親的決心，褚音的母親固執地說：「我們不要你的錢，我們只想弄清楚女兒究竟是怎麼死的。」

褚音的母親這麼沒商量的餘地，讓孟森壓不住火氣了，他瞪著褚音的母親說：「我跟你講了多少遍，你女兒是自己吸毒過量死的，你不相信的話，去找有關部門問好了。我這裏還有事，你們給我出去。」

褚音的父親站了起來，看看妻子，愁眉苦臉地說：「走吧，人家攆我們呢。」

褚音的母親叫道：「你給我坐著，今天任誰來，也要給我個說法，憑什麼不讓家屬見一面，就把屍體給火化了?若是不給我解釋清楚，我們說什麼也不會走的。」

孟森心頭的火氣噌噌的往上竄，從來都是他跟別人耍橫，還沒有人敢跟他耍無賴過呢，更別說是一個鄉下老婦了，他抓起電話，把保安叫了上來，命令說：「把這兩個人給我趕出去。」

老闆發話了，保安不敢不從，就把夫妻倆給架了出去，扔在公司的大門外。

褚音的爸爸忍不住埋怨妻子說：「人家給錢你不拿，現在可好，被人攆出來了，我看你還有什麼招啊。」

褚音的媽媽瞪了丈夫一眼，說：「女兒死得不明不白，你這個做爹的就這麼忍心把她五萬塊給賣了?我的心可沒那麼硬，我心疼女兒，不能讓女兒就這麼沒了，一定要給她討個說法出來。」

丈夫苦笑說：「你以爲我這個做爸爸的就一點不心痛啊，那也是我女兒，可是我們兩個鄉下人又怎麼鬥得過他們這些有錢有勢的大老闆呢?老婆，算了吧。」

妻子執拗地說：「不行，你這個沒骨頭的男人，別的都能忍，自己的女兒要怎麼忍?」

丈夫無奈地說：「那你說怎麼辦?」

妻子說：「走，我們先去給女兒買些燒紙再說。」

丈夫畏縮的看著妻子，說：「你要幹嘛?」

妻子說：「到時候你就知道了。」

兩人買了燒紙、香燭之類祭奠用的東西，就又回到孟森公司樓下，妻子點著了燒紙，跪在那裏哭訴了起來：

「我的女兒啊，你死得不明不白啊，你是被人害死的啊……老天爺啊，你睜開眼睛看看吧，這是個什麼樣的社會啊，害死了人還跟沒事一樣……」

丈夫看妻子哭得這麼傷心，也勾起了他的難過，跟著大哭了起來。

兩個人跪在大街上哭喪，頓時吸引了經過的路人，很快就有人圍上來看熱鬧，不久，就在孟森的夜總會門前圍起了一個大圈。

孟森公司內的保安看看情形不對，趕忙出來制止，想把夫妻倆拉走，褚音的母親叫道：「別碰我，你們再碰我的話，我就一頭撞死在你們公司面前，反正我的女兒已經被你們害死了，我也不想活了。」

看到可能要出人命，保安們也不敢有什麼動作了，隊長就趕緊跑去孟森的辦公室，跟孟森彙報情況。

孟森正在屋裏生悶氣呢，沒有察覺到外面發生了什麼事，聽褚音的母親在公司門前哭喪，趕緊探頭從辦公室的窗戶往外看去，只見外面裏三層外三層的，都是看熱鬧的人。

孟森回手甩了隊長一巴掌，罵道：「一群廢物，你們都幹什麼吃的，怎麼能讓他們在公司門前亂鬧呢？還不想趕緊辦法制止！」

隊長苦笑說：「我們想制止，可是那個女人說，只要我們敢碰她，她就一頭撞死在我們面前。」

孟森頓時頭大了，心裏直罵娘，卻也拿這對夫妻沒有辦法。

他瞪了一眼站在那裏的保安隊長，說：「還站在那裏幹嘛，那對夫妻趕不走，看熱鬧的人也趕不走嗎？去，先把看熱鬧的那些人給轟走。」

隊長匆忙跑了下去，召集人員把看熱鬧的人給轟走，然後圍在那對夫妻旁邊，不讓經過的人接近他們。

孟森在樓上著急不已，心想：也不能老是這樣子啊，看來還是要驚動公安部門的人來處理了。但這個要驚動的人，最好是他自己的人。

孟森就想起城區公安分局刑警大隊的陸離了，既然當初這件事情是陸離幫他辦的，現在還是得讓陸離出面幫他處理才行。

孟森就打了陸離的電話，接通之後，說：「陸大隊長，我上次讓你處理的事，有點麻煩了。」

陸離聞言一驚，說：「出了什麼麻煩？」

孟森說：「那個死者的父母今天找上門來了。」

陸離不禁埋怨道：「孟董啊，你是怎麼處理事情的，怎麼死者的家屬你都沒安撫好啊？」

孟森叫屈說：「當時那個女人沒留下她父母的聯絡地址，你也知道，她們做那種行業的人是不會給我真實地址的，所以無法跟他們聯繫上。」

陸離說：「那現在他們找來，你給他們點錢打發走，不就行了嗎？」

孟森苦笑說：「能用錢解決，就沒什麼麻煩了。現在那個女人的母親不要錢，非讓我解釋為什麼沒讓他們見女兒最後一面就把屍體給火化了。」

陸離聽了說：「你這件事確實是做得有些不對。」

孟森急道：「哎呀，我的陸大隊長，你就別再埋怨我了，趕緊幫我想個招吧，現在那夫妻倆正在我公司門前嚎喪呢。」

陸離納悶地說：「我能有什麼招啊？」

孟森央求說：「你能不能來一下，就說有人報警讓你們來的，說他們擾亂了我們公司的辦公秩序，幫我把他們嚇唬走?!」

陸離有點猶豫地說：「我去好嗎？如果我去了，他們也還是不走呢？」

孟森聽了，便有些不高興了，說：「陸大隊長，這件事可不止我一個人，你也是有份的，真要鬧大了，恐怕你也不好過吧？」

陸離想想也是，這事要是鬧大了，他也脫不了干係的，更何況他還拿過孟森的錢呢。拿人錢財，與人消災，看來是一定得幫孟森擺平了。

陸離就笑笑說：「行，那我去一趟。」就帶了一名親信員警去了孟森公司。

他把車開到這對夫妻面前，下了車，喝阻說：「誒，你們這是怎麼一回事啊？你們這麼鬧，人家還辦不辦公了？起來，起來。」

褚音的母親看到穿著警服的陸離，以為是來了可以幫他們主持公道的人了，趕忙擦了擦眼淚，說：「警察同志，你來了正好，我女兒是被這家公司給害死的，他們不但害死了我女兒，還把我女兒給火化了，他們這是毀屍滅跡。」

陸離說：「誒，這位大姐，這種事可不能亂說啊，你這可是在指控他們犯罪，你有證據嗎？」

褚音的母親哪裏拿得出什麼證據啊，她說：「警察同志，如果他們不是害死了我女兒，又怎麼會連家屬都不通知，就把屍體給火化了呢？他們一定心中有鬼，而且他們老闆還說願意賠償我們，要不是他們做了什麼虧心事，又怎麼會這麼好心的賠償我們呢？」

陸離看了眼前這個農婦一眼，搖搖頭說：「這位大姐，你叫我說什麼好呢？來，起來起來，你們倆跟我來。」

夫妻倆半信半疑的跟著陸離進了孟森的公司。

第二章

神奇測字

孟副省長說：「道長客氣了，今天請道長來省城，是因為聽小孟說您在測字方面很有研究，小孟說過幾個例子，我聽了感覺很神奇，所以想向您請教一下。」

無言道長笑笑說：「願意效勞，請賜字。」

陸離進了一樓的保安值班室，讓保安隊長把人都轟了出去，然後給夫妻倆一人搬了一張椅子，等他們都坐下來之後，語氣神秘地說：「你知道你們的女兒在這間公司是做什麼的嗎？」

妻子說：「她跟我們說，她在這裏坐辦公室的，收入還不錯。」

陸離搖搖頭說：「坐辦公室？看來你對你們的女兒還是不夠瞭解啊。這裏是什麼地方啊，夜總會！電視裏看過吧，你總知道夜總會是幹什麼的吧？」

丈夫眉頭皺了起來，說：「警察同志，你不會是想說我女兒是在這裏做小姐的吧？」

陸離瞅了丈夫一眼，反問道：「你說呢？」

妻子不高興地說：「你別往我女兒身上潑髒水，我們家小音可是很乖的一個女孩子，不會做那種髒事的。」

陸離反駁說：「誰家的孩子在父母面前不是很乖巧啊？可是一旦脫離了父母的視線，又有誰能知道他們會幹出多離譜的事呢？海川這麼繁華，是個花花世界，哪個女孩不想好好享受一番？可是享受是需要錢的，做一個老老實實的小白領可是賺不了多少錢的。」

丈夫一聽，知道自己的女兒是幹什麼的了，氣得滿臉通紅，站了起來，說：「這樣的女兒不要也罷，老婆，我們走！」

妻子瞪了丈夫一眼，說：「走什麼啊，事情還沒說清楚呢，他說這幾句話，你就真的當女兒是做那種事情的啊？」

陸離說：「我知道做父母的，都不願意相信自己的孩子在外面會幹壞事，但是，我還是要跟你們實話實說，我所說的都是事實。這個案子就是我們刑警大隊辦的，你女兒的屍體我們是驗過屍的，確實是吸食毒品過量致死。這裏的老闆為什麼肯補償你們一些錢，是因為他不想把事情鬧得太大，讓人知道他這裏有從事那種行業的女人。」

陸離說這些，是因為他知道鄉下人都很愛面子，很少有人會願意讓人知道自己女兒是從事特殊行業的，他一來就點明褚音真正的職業，是想讓這對夫妻知道，事情如果鬧大，他們的臉上也是沒什麼光彩的。

果然，陸離說完，這對夫妻的情緒一下子低落了很多，丈夫更是一臉羞愧的樣子，想來是覺得女兒是做那種特殊行業的，讓他們太丟臉的緣故。

此時，妻子的嗓門也沒那麼高了，不過對陸離還是不太相信，問道：「你真是刑警大隊的人？」

陸離笑笑說：「這我敢騙你嗎?你看，這是我的證件。」

一旁的警員說：「他是我們刑警大隊的陸大隊長。」

妻子接過陸離遞來的警官證，看了看上面的內容，沒說什麼就還給了陸離。女兒的真實工作擊垮了她的鬥志，她不知道該跟眼前這位警官說些什麼了。

陸離嘆了口氣，說：「你女兒死後，這裏的老闆報了案，他如果真的做了什麼見不得人的事，是不敢去面對警察的，又怎麼會去報案呢？我們刑警大隊也對相關情況作了瞭解，並沒有發現任何的疑點。至於為什麼他沒通知你們來見她最後一面，你女兒是做那種事的，根本就不敢留下真實的聯絡地址。公司自然無法通知你們了。可是又不能老把屍體放在那裏，只好先行火化了。這件事他們是做得不對，但是也不代表是他們害死了你們的女兒啊？」

陸離的解釋合情合理，加上他公安的身分，讓他的說詞又多了幾分說服力，夫妻倆再也打不起精神來繼續鬧了。

陸離看他們垂頭喪氣的樣子，知道他已經基本上說服了這對夫妻了，便說道：

「我知道你們現在的心情，一個活生生的女兒就這麼沒了，換誰也接受不了的。但是這件事誰也不想這樣子的，包括這家老闆也不想你們的女兒出事的啊？你女兒出事之後，他為了她的後事也花了不少錢，現在又很義氣的說要補償你們，在現在這個社會，這樣的老闆也算是有良心的了。叫我說，反正人已經沒了，你們再怎麼鬧，再怎麼不甘願，也救不回她，還不如拿點錢回去好好過活，這樣大家都好做，不好嗎？」

丈夫便問：「警察同志，你說我們究竟可以跟這裏的老闆要多少錢啊？」

妻子火了，說：「你什麼意思啊，你想拿女兒換錢？我告訴你，沒門。」

丈夫這回卻不吃妻子那一套了，他瞪著眼說：「你給我閉嘴，你這個女人懂什麼？你還嫌鬧騰得不夠啊？都是你平常把女兒給慣的，成天好吃懶做，竟然跑到海川來做那種事，我們褚家八輩子祖宗的臉都被她丟光了。」

妻子看丈夫真的發火了，女兒做的事也讓她無話可說，就沒敢跟丈夫頂嘴，捂著嘴嚶嚶地哭了起來。

陸離看這對夫妻已經接受用錢補償的方案，就說：「這家老闆願意出多少錢，是由這家老闆說了算的，我可沒權幫他做這個決定。不過我可以幫你們去問一下，盡力幫你們爭取。」

丈夫點點頭說：「那就謝謝你了，警察同志，你真是個好人。」

陸離便說：「你們先在這裏坐一會兒，我去跟他商量一下，然後再答覆你們。」

陸離就去了孟森的辦公室，進門後，就問孟森：「你打算給他們多少錢啊？」

孟森說：「他們願意拿錢了？」

陸離笑說：「當然啦，一對沒見過世面的鄉下夫妻，我再擺不平，我這大隊長豈不是白混了？」

孟森鬆了口氣，說：「還是你高明啊，剛才我真的不知道該怎麼辦，差一點想找人把這對夫妻給活埋了。」

陸離警告說：「你可別亂來啊，別好不容易按下這頭，那頭又起來了。」

孟森開玩笑說：「我只是說說而已，別緊張。你說我該給他們多少錢啊？」

陸離想了想，說：「這次一定要堵住這對夫妻的嘴，不能讓他們再鬧了，所以錢不能太少，但是也不宜太多，太多了，會讓他們產生疑心，覺得你可能真的是做了什麼。」

孟森問：「那給他們二十個怎麼樣？」

陸離考慮了一下說：「別給整數，整數會讓他們覺得還有可能增加，這樣他們會覺得拿少了。我看這樣吧，給十九個吧。」

孟森笑笑說：「這種事你比我有經驗，就按照你說的辦吧。」

陸離說：「那你把錢準備好，我去跟他們談。」

「錢是現成的。」孟森說著，開了保險櫃，拿出二十萬百元大鈔，又抓起了一疊，扔給陸離，笑笑說：「陸大隊長，這一萬是你幫我省的，拿去花吧。」

陸離笑著將錢收了起來，說：「那我就卻之不恭了，你讓下面的保安把那對夫妻帶上來吧。」

孟森就讓保安將褚音的父母帶上來。

陸離說：「我剛才跟孟老闆商量了一下，孟老闆覺得事情本來是與他無關，他出五萬補償你們，已經是很多了。可是我跟他說，不管怎麼樣，事情總是出在你的公司，死的又是你的員工，你一點責任也不負也不應該，我建議他補償你們二十萬，但是孟老闆覺得這個數字有點高，跟我討價還價了半天，最終我們各讓了一步，孟老闆同意給你們十九萬作爲補償。你們覺得怎麼樣？」

褚音的爸爸激動地說：「行行，我們同意，謝謝你了，警察同志。」

陸離又看了看褚音的母親，說：「那這位大姐的意思呢？」

褚音的母親心中百感交集，說了個「我」字，就再也說不下去了，又捂著嘴哭了起來。

褚音的爸爸勸說：「行了，別哭了，你還嫌我們丟臉丟得不夠嗎？警察同志，你別問她了，我說了算。」

陸離說：「那我就當這位大姐也同意這個補償方案了。」

褚音的爸爸說：「行，警察同志，就照你說的安排吧。」

孟森就把桌上的十九萬推到夫妻倆面前，說：「錢在這裏，只要你跟我簽個協議，這些都是你們的了。」

褚音的爸爸不解地說：「還要簽什麼協議啊？」

孟森說：「那是當然了，不然，過幾天你們錢花完了，再跑來我這裏鬧，跟我要女兒，我怎麼辦啊？」

褚音的爸爸保證說：「不會的，一定不會的。」

陸離在一旁幫腔說：「我覺得孟老闆說得也在理，有個協議，大家互相也有個保障，是吧？」

褚音的爸爸只好同意了，說：「好吧，你們搞個協議，我簽字就是了。」

於是孟森召來公司的法律顧問，經過探討，一份協議就出爐了。協議上寫明褚音的父母同意褚音的死是個人吸毒過量所致，對此，興孟集團無任何責任，但是董事長孟森先生本著人道主義精神，願意出資補償褚音的父母十九萬整。褚音的父母承諾今後不會再以任何事由來糾纏興孟集團，否則這十九萬元必須馬上返還。

褚音的母親看了協議內容，對陸離說：「警察同志，我們什麼時候同意褚音的死因是吸毒過量了？這不行，這我們不能簽。」

陸離看了看褚音的母親，說：「這位大姐，這是經過醫院和警方確認的事實，你不同意也是事實。孟老闆加上這一條，也就是例行手續罷了。你不要糾纏這些細節了，主要是看看協議補償你們的錢數對就行了。」

褚音的母親堅持說：「不行，這一條如果簽字同意了，就等於承認了我女兒的死是意外了，我不簽。」

陸離不耐煩地說：「又來了，你這個大姐怎麼說不聽呢？我不都跟你解釋過了嗎？」

褚音的母親一口咬定說：「我還是不相信我女兒會吸毒，更別說會吸毒過量了。」

陸離嘆了口氣，轉頭看看褚音的父親，說：「這位大哥，我沒法跟你老婆講了，你勸勸她吧。你要知道，這十九萬我可是費了很大的勁才幫你爭取來的，再不簽的話，孟老闆恐怕就會反悔了。」

褚音的父親便厲聲對妻子說：「你夠了吧？這不相信那不相信的，我也不相信我們女兒會做那種事，但她就是做了。好了，別鬧了，我們趕緊處理完趕緊回家，別在這裏丟人現眼的啦。」

褚音的母親又開始哭了起來，褚音的爸爸拿過協議，在上面簽下了他的名字「褚三河」，簽完名後，在名字上又按上了紅手印。

陸離和孟森互看了對方一眼，彼此都有鬆了口氣的感覺。

簽完字後，陸離把錢推到夫妻面前，說：「把錢收好吧，這筆錢數目不小，你們要保管好。」

做丈夫的小心地把錢裝進袋子裏，然後對陸離說：「謝謝你了，警官。」

看到做丈夫的最後還對他說謝謝，陸離強忍著才沒笑出來，說：「不客氣，幫助你們也是我們做警察的職責。誒，你們打算什麼時候離開海川啊？」

丈夫說：「明天吧，我想明天去取了小音的骨灰後，就帶她回家。」

陸離點點頭說：「褚音的骨灰是應該帶回去的。」

夫妻倆神色黯然地離開了。

見事情總算有了圓滿的解決，孟森高興地說：「一會兒去哪兒吃飯啊？媽的，我今天要好好喝一頓，去去晦氣，被那個臭婆娘哭喪了大半天，真是晦氣透了。」

陸離卻站了起來，說：「孟董啊，飯我就不陪你吃了，這件事被這個女人一鬧，估計海川很多人都知道了，這時候我再跟你吃吃喝喝，怕有人會說閒話的。」

孟森點點頭說：「陸大隊長說得很有道理，行，等改天我們找個時間離開海川，再好好喝一頓。」

陸離說：「行，那我走了。」

海川市政府，孫守義辦公室。

孫守義正在辦公室聽下面的人彙報工作，唐政委的電話打了進來。

唐政委說：「孫副市長，有件事要跟你報告一下，孟森公司死的那個女孩子的父母來了，在孟森公司鬧了半天。」

孫守義看了看對面正在彙報的建設局局長，覺得不方便談這件事，如果讓建設局局長知道他在暗地調查孟森，估計這個消息很快就會傳到孟森的耳朵裏，便說：「不好意思啊，我這邊正有人彙報工作，等會兒我給你打過去吧。」

唐政委知道孫守義不方便講話，就說：「好，那我先掛了。」

建設局局長繼續彙報著，不過孫守義的心思卻已經不再彙報上面了。

自從孫守義知道那個死的女員工很可能牽涉到孟副省長之後，孟森對他來說，就變成了一個不知道什麼時候會爆炸的炸彈了。

他不知道唐政委和姜非何時會找到孟副省長涉案的證據，更重要的是，如果真的找到了證據，他要拿這些證據怎麼辦？

以孟副省長的級別，省裏是沒有調查權的，必然要驚動中央有關部門。

如果由他這個海川市副市長來引爆這個炸彈，那他就要在全國出大名了，這對他來說，並不是件有利的事。因爲真要挺身而出的話，等於破壞了政壇的某些潛規則，自己的下場一定不會好的，必然會因此受到排擠。

孫守義對未來還有很多期許，他也很有機會能夠走到更高的位置上去，因此很希望這件事情查不下去，他不想做這個出頭的人。

城建局局長很快報告完了，孫守義雖然沒注意聽，但還是笑笑說：「行，你的意思我明白了，你讓我想想再答覆你，好嗎？」

城建局局長點點頭說：「那我先回去了。」

城建局局長離開後，孫守義想了一下，抓起電話打給唐政委，問道：「老唐，你剛才說那個死者的父母來了，究竟是怎麼一回事啊？」

唐政委說：「死者的父母去公司找女兒，才發現女兒已經死了，還被火化了，就鬧了起來，還在孟森的公司樓下燒紙哭喪，後來驚動了城區分局刑警大隊。由刑警大隊的大隊長陸離出面處理，經過陸離的協調，孟森賠了死者父母十九萬才算了事。事情大致經過就是這個樣子。」

孫守義愣了一下，說：「陸離？怎麼又蹦出個陸離來，這個人以前跟孟森有沒有接觸？是不是孟森埋在公安局的內線啊？」

唐政委說：「以前沒聽說過陸離跟孟森有什麼接觸，不過，這個陸離雖然是刑警大隊長，但是層級還有點低，對市公安局的一些行動並不知情，所以應該不是孟森的內線。我倒是比較懷疑市公安局的張副局長，這個陸離是他一手帶起來的，我在想這次陸離出面處理這件事，不曉得是不是張副局長牽線安排的？」

孫守義聽了說：「那以後你們針對孟森的行動，要儘量避開這個張副局長。」

唐政委說：「我知道。對了，孫副市長，您看我們需不需要對這對夫妻採取什麼行動啊？」

孫守義反問說：「姜局長的意思呢？」

唐政委說：「姜局長覺得很難，我們找不到什麼理由。」

孫守義心說：我也不希望你們查下去啊，姜非這麼認爲，讓他鬆了口氣，說：「那還是先不要打草驚蛇好了。」

唐政委懊惱地說：「這次又是一無所獲，看來我們還是拿孟森沒辦法啊。」

孫守義笑笑說：「也不是一無所獲啊，他們不是也暴露出了一個陸離和張副局長嗎？好了，老唐，別這麼喪氣了，所謂多行不義必自斃，孟森一定會得到報應的。」

唐政委只好笑笑說：「我們也只能這麼想了。」

褚音的父母拿著錢，離開了孟森的辦公室，由於還要等第二天去取骨灰，就找了間賓館住了下來。

到了晚上，夫妻倆都睡不著，妻子是心痛女兒沒了，丈夫則是擔心這麼多錢有什麼閃失。熬到下半夜，兩人都有些迷迷糊糊地坐在床上打盹。

妻子忽然覺得有人在搖她的肩膀，說：「媽，我是小音啊，你醒醒，我有話跟你說。」

妻子一時還沒想起女兒已經死了，便有些煩躁的說：「小音，你這孩子別鬧了，我睏死了。」

褚音並沒有停下來，還是繼續搖著她，說：「媽，你醒醒啊，我是來見你最後一面的，一會兒我就要到另一個世界去了。」

妻子一聽另一個世界，心裏一下子想起女兒已經死了，趕忙睜眼，想要看看女兒，眼前卻是白花花的燈光，身邊只有丈夫坐在那裏抱著錢袋子在那兒打鼾，房間裏並沒有女兒的蹤跡，原來是南柯一夢。

想到再也見不到女兒了，她不由得悲上心頭，痛哭失聲。

哭了一會兒，看丈夫沒有任何反應，還在大睡，氣得一腳把丈夫踹到床下。

丈夫嚇得跳了起來，叫道：「搶錢了，搶錢了。」原來丈夫睡夢中一下子被驚醒，還以爲是誰在跟他搶錢呢。

妻子罵了句：「你給我閉嘴，就知道錢，自己的女兒都沒了，你也不知道心疼。」

丈夫清醒了過來，嘆了口氣，說：「老婆，事情已經這樣了，我還能怎麼樣呢，小音反正也活不過來了。你又哭了半天，是吧？」

妻子說：「我能不哭嗎？我剛才做夢看到女兒啦。你們男人就是心狠，女兒沒有了，你也能睡得著。」

丈夫苦著臉說：「好了好了，你就別念叨我了，我去給你洗條毛巾，讓你擦把臉，看你哭成什麼樣子了。」

丈夫就走去洗手間，經過房門的時候，忽然發現門前地上有一張紙，愣了一下。他記得進來的時候，地上並沒有紙啊。

丈夫就問道：「老婆，你扔了張紙在門口啊？」

妻子回說：「我一直坐在這兒沒動，什麼時候扔一張紙在門口了？」

「那就怪了，這張紙是從哪裡冒出來的啊，我記得進來的時候沒有紙啊？」丈夫說著，把紙撿了起來。

紙並不大，似乎是從什麼筆記本上撕下來的，丈夫看紙上還有字，就念了起來：「叔叔阿姨，你們被孟森和那個警察騙了。我是你們女兒的朋友，知道你們的女兒是怎麼死的。」

念到這裏，丈夫嚇了一跳，趕忙閉上嘴，想要把紙給藏起來。

他是個老實的種田人，知道孟森那些人是惹不起的。今天這個結果他已經很滿意了，他種了大半輩子地，還沒見過這麼多錢呢，因此不想讓妻子看到這張紙。

但是他的動作已經晚了，妻子聽到他念的，一下子從床上跳了下來，竄到丈夫面前說：「把那張紙給我。」

丈夫搖搖頭，說：「我不給。老婆，我們已經跟人家簽了協議了，錢人家也給我們了，你就別再鬧了，行嗎？」

妻子說：「我不是想鬧，我只是想知道真相，你趕緊把紙給我。」

丈夫還想躲閃，妻子已經去背後搶奪那張紙了，最終丈夫拗不過妻子，把紙給了她。

妻子拿到紙，繼續念道：

「那一晚，你們的女兒是被安排陪伴一位很神秘的貴客，據說這位貴客是省裏一個很大的官。每次他來，孟森都是專程去省城把他接過來，同時會讓夜總會歇業，專門接待這位貴客。這位貴客還有一個癖好，就是喜歡玩沒開過苞的女人，前些日子，孟森便安排兩個新來的女孩子服侍他。據說那次那兩個女孩子就被人下了K粉。K粉是一種毒品，會讓女孩子很興奮。你們的女兒出事，就是跟這位有奇怪癖好的貴客有關。

「當孟森發現你們的女兒出事後，爲了掩飾罪證，立即就打點好醫院和警察的關係，將你們的女兒給快速火化了。事後更是把那間出事的包廂給砸掉重新裝修，徹底把那一晚發生的痕跡給破壞掉，所以我越發相信是那位貴客把你們的女兒給害死的。你們的女兒死得好冤啊。

「叔叔阿姨，我覺得你們拿到了錢，還是趕緊離開海川吧，你們不知道這個孟森的厲害，海川幾乎是他的天下，很多政府部門都有他的關係，你們不趕緊離開這裏，說不定他會對你們做出什麼不利的事來。如果你們要告他，也一定不能在這裏告，這裏上上下下的關係都被孟森打點好了，你們告也是沒用的。」

妻子念著念著就泣不成聲了，她用力地捶打著丈夫，罵道：

「都是你這個貪財的東西不好，你跟那個孟老闆簽什麼協議啊，現在知道你女兒是被人害死的了，你讓我怎麼去追究啊？」

丈夫也哭了，任憑妻子捶打著，說：

「老婆，我們倆是下莊稼地的農民，到了城裏就是睜眼瞎，我也知道女兒可能死得不明不白，但是我們鬥不過人家啊？這張紙上不也說嗎，這個孟森那麼厲害，海川幾乎是他的天下，所以才能在一天之內就把女兒給火化了。這個地方太黑了，不是我們這些窮苦老百姓能夠講理的地方。你就聽我一句勸吧，別再較這個真了。認了吧。」

妻子說：「不行，你能認，我不能認，這裏告不贏他，我去省裏告他。」

丈夫無奈地說：「你怎麼這麼倔呢，人家省裏就沒關係了？沒聽這張紙上說，孟森接待的就是一位省裏的大官嗎？」

妻子仍堅持說：「省裏不行，那我就去北京，我就不信天下就沒一個我們老百姓說理的地方。」

丈夫見勸不動妻子也火了，說：「行，要告你去告，反正我是簽了協議的，我可不去告。」

妻子氣得指著丈夫說：「你，你，你這樣怎麼對得起死去的女兒啊？」

丈夫攤著手說：「對不起也就對不起了，我就這麼大本事，你罵我也沒辦法。」

妻子就不再說話了，獨自生著悶氣，她也知道丈夫這個人窩囊了一輩子，讓他出頭露面為女兒申冤，根本就是不可能的。

兩人就這麼悶坐著一直到天亮，天亮後，丈夫說：「我要去取小音的骨灰，你跟不跟我去？」

女人再能幹，丈夫不去告狀，她一時也沒有了主意，就跟著丈夫一起去取了骨灰，然後回家了。

孟森雖然跟褚音的父母簽了協議，但是並沒有完全安心，他派人跟著這對夫妻，聽手下人報告說這對夫妻已經取走褚音的骨灰回了家，這才徹底放心下來。

這邊放下心來，孟森就去找束濤，讓他安排無言道長趕緊去省城會一會孟副省長。

束濤看見孟森，取笑他說：「孟董啊，你這次可是轟動海川了，被人在公司門前哭喪，也不覺得晦氣。」

孟森說：「呸呸呸，誰不覺得晦氣啊，我被那個娘們鬧得到現在還覺得氣悶呢。怎麼樣，你跟無言道長說過那件事了嗎？我想趕緊帶他去趟省城，然後回來再在公司做一場法事，幫我去去晦氣。」

束濤點點頭說：「我跟無言道長說了，他同意跑一趟省城，你什麼時間方便，就可以帶他去。」

孟森說：「那我問一下孟副省長。」

孟森就打電話給孟副省長，孟副省長接通之後，說：「小孟啊，我怎麼聽人說，有人在你公司門前鬧事啊，是怎麼回事啊？」

孟森苦笑著說：「您也知道了？」

孟副省長說：「今早一個海川的朋友當笑話跟我說的，你怎麼回事啊？怎麼會鬧得這麼大呢？不是說都安排好了嗎？」

孟森苦著臉說：「我也沒想到會這個樣子，不過您放心，現在沒事了，我已經給對方一筆錢，把他們打發走了。」

孟副省長嘆說：「最好是沒事，我最近簡直煩死了。你打電話給我幹什麼？」

孟森說：「您還記得上次那個道士的事嗎？我已經安排好了，您看什麼時間帶他去見您啊？」

孟副省長說：「越快越好，今天能來嗎？」

孟森說：「那行，我馬上就去安排。」

孟副省長說：「行，你把人帶到了省城就給我電話。」

孟森答應了，就趕緊跑去接無言道長，又帶著無言道長去市區買了套西裝。

換下道袍的無言道長多少不太習慣，顯得有點拘束，這下子倒不像殺豬的屠夫了，而像一個賺了點小錢的小老闆。

孟森帶著無言道長直奔省城，到了省城後，孟森找了家不太顯眼的賓館先住了下來，然後打電話給孟副省長。孟副省長說他在開會，叫孟森等他電話，就掛了電話。

孟森只好跟無言道長在賓館裏等著，兩人直等到晚上九點多，孟副省長總算來了電話，問明孟森在哪個賓館，過了二十多分鐘，孟副省長匆匆趕來了。

孟副省長進門後，看了一眼穿西裝的無言道長，問孟森說：「這就是你說的人？」

孟森點點頭，說：「是的，這就是無言道長。」

孟副省長對無言道長說：「對不起道長，瑣事纏身，害你久等了。」

無言道長問孟森：「這位是？」

孟森並沒有跟無言道長說要帶他見的人的身分，只說是一位朋友，見無言道長詢問，便笑笑說：「這位是省城的孟老闆，他是大老闆，生意做得可比我大多了。」

無言道長笑著搖搖頭，說：「孟董，你沒有說實話啊，你這位朋友顧盼生威，舉手投足隱然有一種英氣，此種氣質，絕非世間商賈所能有，也非一般的小官吏能比擬，如果我猜得不錯的話，你這位朋友絕對是位高權重的人物。我聽人說，孟董跟省裏的孟副省長關係很好，這位貴人又姓孟，想來您就是孟副省長吧。」

孟副省長看無言道長一來就道破他的身分，心說這傢伙還真有兩把刷子，便笑笑說：

「既然你猜出了我的身分，也就應該知道，我不太方便跟你們這些人公開接觸，所以還請道長莫怪。」

無言道長笑說：「您是貴人，自然有您不方便的地方，我怎麼會怪您呢？」

孟副省長說：「道長客氣了，今天請道長來省城，是因爲聽小孟說您在測字方面很有研究，小孟說過幾個例子，我聽了感覺很神奇，所以想向您請教一下。」

無言道長客氣地說：「雕蟲小技而已，不值一哂。古人說文字是通鬼神的，還有愛惜字紙一說，也就是寫了字的紙都是不能隨便扔掉的，可見古人對文字是很尊重的。不過現在人都不注意這些了。」

孟副省長便說：「那不知道道長能不能幫我也測個字啊？」

無言道長笑笑說：「願意效勞，請賜字。」

孟副省長便拿出簽字筆，就在賓館的信紙上開始寫字。

一開始寫的時候，孟副省長不知道寫什麼字好，忽然想到孟森所說的「三」字，心說：這道士已經解說過兩次「三」字了，自己如果再寫一個「三」字，不知道他會怎麼解釋呢？

孟副省長就落筆寫了一橫，寫下這一橫之後，忽然覺得自己這麼做有點不尊重無言道長，似乎不太好，心中就改了主意，於是在一橫的左邊又寫了一豎，然後又是一橫，最終寫成了一個上下的「上」字。

孟副省長寫完，把字遞給了無言道長，笑笑說：「請道長賜教。」

無言道長接過去看了看，然後搖搖頭說：「貴人寫的這個字，我真是不知道該向您表示恭喜呢，還是表示遺憾。」

孟副省長愣了一下，說：「什麼意思？」

無言道長說：「字由心生，我看你寫這個上字，筆劃並不順，通常上字要先寫一豎，然後再寫兩橫的。這一豎，實際上是有為這個上字定下中心的意思，但是你先寫了一橫，沒有先把心定下來，所以我覺得您今天心有旁騖，而且還是很煩心的事情，所以才讓你的心定不下來。」

孟副省長不禁看了孟森一眼，心說這小子昨天把死人的事情鬧得那麼大，我的心怎麼定得下來啊？便說：「道長果然測得很準，我心中是有事情在心煩著。這是不是就是您說的表示遺憾的地方？」

無言道長笑說：「不是，『上』這個字，是有在上面、上升、上位等諸多好的意思，作為一名官員會寫這個『上』字，不用說也知道，您潛意識中是有渴望上升的意思；但是現在你寫這個『上』字，心有旁騖，筆劃又不順，說明不但您的上升並不順利，恐怕在上位的您最近各方面也不順心。因此我勸您最近諸事小心。這才是我覺得遺憾的地方，其實這個『上』字本來的意思是很好的。」

孟副省長不禁懷疑說：「道長，您是不是知道我最近爭取省長失敗，所以才有此一說啊？」

無言道長笑了，說：「您請稍安勿躁，我認爲還有値得向您恭喜的地方呢。雖然您寫的這個字筆劃不順，但終究還是一個『上』字，這表示您上升的過程中雖然可能經歷很多不順，但終究還是能夠上得去的。」

孟副省長眼睛一亮，終究能上得去這話是他愛聽的，便說：「道長，你這不是哄我開心的吧？」

無言道長說：「我從來不誑人的。」

孟副省長問道：「那我什麼時候能夠上得去啊？」

無言道長掐指算了一下，說：「不會很久的，等到明年三月陽氣動了的時候，您也就好動了。」

孟副省長驚喜地說：「真的假的，現在到明年三月可沒多少時間了，我真的能再上一層？」

無言道長信誓旦旦地說：「您記下今天我說的話，如果到時候不靈，你可以去海平區無煙觀砸我的招牌的。不過，恐怕您上了這一層，就無法留在東海了。」

無言道長這麼說，孟副省長就更加相信了，因為他想再上一層的話，目前東海省是不太可能的，除非鄧子峰出什麼事，但現在看來這個機會很渺茫。除非離開東海，到外面的省任職，那依他的資歷是很有可能直接做到省長的。孟副省長心想，只要能上一層，留不留在東海我倒不在乎。

沒做到省長的位置，是孟副省長最窩火的事，現在無言道長不但說他上升有望，還說時間就在明年三月，也就剩幾個月的時間，這等於幫孟副省長去了一塊心病，他的心情頓時大好，對孟森的不滿頓時就沒有了。

孟副省長高興地說：「小孟，這件事你做得很好，不錯不錯。回頭你把道長送回去的時候，一定要替我好好謝謝道長。」

孟森笑笑說：「一定。」

孟副省長又跟無言道長談了很久，還把家裏人的生辰八字都給了無言道長，讓無言道長幫他推算。無言道長一一推算後，說家裏人都是貴格之命，又說了一大通的好話，聽得孟副省長更是心花怒放。

不知不覺，兩人聊到快凌晨四點，孟副省長才戀戀不捨的離開。

孟副省長離開之後，孟森和無言道長都睏得要命。

孟森匆忙來到省城，原本打算見完孟副省長就回海川，所以只開了一個房間。哪知道孟副省長會待到這麼晚，這時再去開一個房間也不划算，反正裏面有兩張床，索性就跟無言道長在一個房間洗洗睡了算啦。

這一晚，實際上孟森很少講話，都是無言道長和孟副省長在攀談，孟森一直坐在旁邊喝茶聽兩人的對話，所以喝進肚裏的水很多。

睡了一會兒，他感覺有尿意，便起床去洗手間。方便完之後，他回到床上，無言道長在另一張床上鼾聲大作，睡得正香。

孟森閉上眼睛想要再睡，但是無言道長的鼾聲實在太響，吵得他再也難以睡過去了。

孟森側頭看了看無言道長，酣睡中的無言道長，嘴角流著口水，不時發出像豬一樣的鼾聲。

孟森皺了一下眉，心說：這人還真是不可貌相啊，這傢伙怎麼看怎麼像個殺豬的，卻有這種能夠推算別人命運的神通，真是不可思議。他的腦子是不是跟凡人有些不一樣啊？

孟森正在打量著無言道長時，無言道長的鼾聲忽然停了下來，房間一下安靜了下來。孟森心說這傢伙可算停下來了，我也可以趁機再睡一下了。

正當孟森閉上眼，想要再睡的時候，無言道長忽然嘻嘻地笑了起來，他的笑聲一聽就是那種得了便宜竊喜的笑。

第三章

攔車申冤

就在兩人心情放鬆下來的時候，一個婦人突然從警方布下的警戒線後面竄了出來，高叫著：「省長大人，冤枉啊！」然後竄到鄧子峰的轎車面前猛地就是一跪。事發突然，負責保安的員警都來不及阻攔這個女人。

孟森覺得十分有趣，這傢伙，睡個覺還這麼好玩。

但是孟森很快就覺得不太對了，因爲無言道長接下來說出的話讓他大吃一驚。

原來無言道長嘻嘻笑完之後，嘟囔了一句：「這兩個笨蛋，我說什麼他們都信，還當我真是那麼靈啊？我如果真的算得那麼準，豈不是成了神仙了？」

孟森僵在那裏，他不知道無言道長說的兩個笨蛋是不是指他和孟副省長，不過看情形，很有可能指的就是他和孟副省長。

孟森屏住呼吸，不想驚動無言道長，他想聽聽無言道長接下來還會說些什麼。但是他失望了，無言道長說完這幾句夢話之後，不久就又鼾聲大作，再也沒說什麼了。

孟森心中起了疑問，他很懷疑無言道長跟他們講的那些話都是騙人的，但是僅憑幾句夢話，他又無法確信，也可能是無言道長夢中真的夢到了兩個傻瓜呢？

孟森很想把無言道長推起來問一問，又擔心萬一誤會了他，觸犯了這麼神通的人，可是不太好的。

孟森心中有事，就再也沒睡著，一直盯著無言道長看，想等無言道長再說幾句夢話來聽聽。但是無言道長好像跟他較勁似的，只是一個勁的鼾聲大作，就是不肯再開金口說一個字了。

孟森熬了好幾個小時，無言道長倒是睡飽了，睜開眼睛，看到孟森眼灼灼的看著他，便有些不好意思的說：「孟董，你醒了很久了嗎？」

孟森看了他一眼，說：「是醒了一會兒了，倒是道長睡得很香啊。」

無言道長抱歉地說：「我這人睡覺老愛打鼾，是不是我的鼾聲影響你了？」

孟森笑笑說：「沒事，我的睡眠本來就很淺。倒是道長似乎做了一個美夢，在夢中笑得很開心啊？」

無言道長一聽，緊張了起來，說：「我在睡覺時笑出聲了嗎？」

孟森點點頭說：「是啊，我還是第一次聽人睡覺的時候笑得這麼開心呢。道長，你究竟做了什麼美夢啊，說出來聽聽，讓我也跟著高興高興啊。」

無言道長心虛的看了一眼孟森，掩飾的說：

「沒有，沒做過什麼美夢，我都不記得了。」

無言道長心虛的樣子沒有逃過孟森的眼睛，他的心不禁開始往下沉，他自己也是走江湖的，坑蒙拐騙這些招術他也玩過，無言道長這個樣子說明了其中肯定有問題。

孟森就很想馬上弄明白無言道長到底是什麼來路，不過省城不是他的地盤，他不敢在這裏太過逼問什麼，只好先把懷疑壓下去，笑了笑說：

「沒有就算了，既然你已經醒了，我們就洗漱一下，去吃點東西，然後回海川吧。現在時間已經不早了，再拖下去，回到海川就可能要晚上了。」

無言道長見孟森沒再追問下去，暗自鬆了口氣，說：「好的。」

孟森是什麼人啊，無言道長放鬆的表情，讓他越發確信他是個騙子了。

兩人洗漱之後，在賓館的餐廳吃了飯，然後孟森就開車載著無言道長往回走。一路上，孟森都板著臉不說話，無言道長不覺得有什麼異常，他以爲孟森只是昨晚沒睡好，有些疲憊罷了。

車從齊州開出去三個小時之後，經過一座水庫，孟森把車停在水庫邊，然後對無言道長說：「道長，我開車開得有些累了，繼續開不太安全，我們下去走走吧，清醒一下我們再走。」

無言道長不疑有他，笑說：「行啊，開車安全第一，我們就下去走走好了。」

兩人就下了車，孟森沿著路，上了水庫的堤壩，無言道長沒有什麼戒心，就跟著也上了堤壩。

這個水庫很大，裏面蓄滿了水，深不見底，孟森看了看水庫，笑笑說：「道長，現在到處都在鬧缺水，想不到這個水庫還蓄了這麼多水。我小時候經常在這樣的水庫中游泳，那個時候真是好玩。」

孟森莫名的說起這些，讓無言道長有點摸不著頭腦，就隨口迎合說：「這麼深的水庫也敢游泳，孟董的水性倒是不錯啊。」

孟森說：「是啊，我的水性很不錯。誒，道長，不知道你的水性怎麼樣，敢在這裏面游泳嗎？」

無言道長搖搖手說：「不行，我是旱鴨子，一點水性都沒有。」

孟森說：「是嗎？那可真是遺憾。道長，你說如果這個時候你掉進了水庫裏，又沒有人救你，你會怎麼樣啊？」

無言道長笑了起來，說：「那當然淹死啦。不過，我既然不會游泳，自然就會小心一點，不會讓自己掉下去的。」

孟森這時猛地一把抓住了無言道長的胳膊，使勁地扭向後面，另一隻手則掐住了無言道長的脖子，把他往水庫推，形成了一個只要孟森一鬆手，無言道長就會掉進水庫裏的姿勢。

無言道長「啊」的大叫了一聲，說：「孟董，你這是要幹什麼？我究竟怎麼得罪你了，咱們有話好說啊，你別這樣子，趕緊鬆手，我好疼啊。」

孟森笑說：「你個老騙子，竟然敢耍起你孟大爺來了，說！你究竟是幹什麼的？」

無言道長還想裝糊塗，說：「孟董，你對我是不是有什麼誤會啊，我什麼時候耍過你了？我這個人向來是有一說一、有二說二，從不騙人的。」

孟森面色狠厲地說：「你還敢跟我狡辯，信不信我現在就把你推下去啊？」說著，便又把無言道長往前推了一下。

無言道長嚇得大叫道：「好好，我說我說，你想知道什麼我都說。」

孟森問：「那你先說你究竟是什麼人？為什麼會在無煙觀裝神弄鬼？」

無言道長喊叫著說：「我就是無言道長啊，我可是有道士證書的，不信，回頭我拿給你看。」

孟森威脅說：「你還敢愚弄我?!快說！你做道士之前是做什麼的？我可沒什麼耐心，你再不說實話，我就真的把你推下去了。現在這裏也沒人經過，我就算把你推下去，也沒人知道的。」

無言道長急了，叫道：「好好，我說就是了。我做道士之前，是山腳下林家村殺豬的屠戶。」

孟森氣到從後面狠狠地敲了無言道長的後腦勺一下，罵道：「原來你還真是個殺豬的啊，難怪我看你那麼像屠夫呢。說，你是怎麼當上道士的？」

無言道長說：「是這樣的，前些年，山上無煙觀的老道士曾經被學生趕出道觀，我跟他有些交情，就收留了他，他就把一些道士的法門教給我。後來無煙觀恢復開放，不過老道士已經死了，我說我是他的親傳弟子，就接了他的衣缽，主持了無煙觀。」

孟森說：「那你給我測的『三』字，還有昨晚給孟副省長測的『上』字，究竟是怎麼回事啊？」

無言道長苦笑說：「那不過是些文字遊戲罷了，我大致知道你和孟副省長的情形，就把這些字牽強附會到上面，比方說，我已經知道你那裏死了一個女人，又看你的精神很不好，就把這些結合到對『三』字的解釋上，你們就會覺得我很靈驗了。」

孟森想不到自己竟然被一個殺豬的傢伙耍得團團轉，還把他推薦給孟副省長，他心裏一發狠，就想把無言道長推進水庫裏去。

無言道長嚇得叫了起來：「喂，孟董，你可要想清楚，你真把我推下去的話，擔上殺人罪名不說，你要怎麼跟孟副省長解釋啊？難道你要告訴他說，你引見了一個殺豬的給他嗎？」

孟森手停了下來，無言道長的話提醒了他，要怎麼跟孟副省長解釋無言道長的真實身分，還真是一個大問題。

虧得孟副省長那麼相信這傢伙，還把全家的生辰八字告訴了他，今天他要是跑去跟孟副省長說他弄錯了，這人不是什麼神通的道長，而是一個殺豬的，估計孟副省長聽到，可能殺了他的心都有。

絕對不能說，就算明知是一個騙局，也不能拆穿，否則孟副省長一定會惱羞成怒，不會放過他的。

孟森使勁的把無言道長一推，不過不是推向水庫，他把無言道長推倒在堤壩上，然後拳打腳踢起來，嘴裏一邊罵道：「叫你個王八蛋騙我，叫你個王八蛋騙我！」

無言道長不敢反抗，抱著頭任憑孟森打罵。

過了一會兒，孟森打累了，停了下來，無言道長這才放開抱著頭的手，可憐兮兮地說：「對不起啊，孟董，我也就是混碗飯吃罷了，不是存心騙你的。」

孟森忍不住又踹了無言道長一腳，說：「你不是存心騙我?!但是你現在害得我騙了孟副省長！也真是邪門了，一個殺豬的竟然能糊弄住束濤那隻老狐狸。」

無言道長說：「我們這一行當然是有些混飯吃的法子的，加上現在人們都很相信神鬼的。其實孟董，你也別這麼著急，孟副省長可沒覺得我是在騙他，既然他那麼相信我，你就可以透過我的嘴，安排你想做卻不方便跟他說的事情啊，這對你可是一件好事呢。」

孟森想了一下，既然他不能戳穿無言道長的身分，那無言道長說的倒還真是不錯，不過，他還有些擔心的地方，便問道：

「既然你是矇的，那你跟他說明年三月他要上一層的話，就無法兌現了，到時候我看你怎麼跟他交代。」

無言道長笑說：「我交代什麼?難道到時候他沒升遷，還會跑來質問我嗎?他應該沒那麼傻吧？就算他真的來質問我，我也有辦法應付的，我會找個理由，說是他沖犯了某種不該沖犯的東西，所以沒能上一層。其實這個是一半一半的機會，如果到時候他真的升官了，他會更相信我；沒有升，他也頂多會覺得我不準罷了，不會太難爲我的。」

孟森沒好氣地罵了一句：「你倒是有一堆理由。」

無言道長陪笑著說：「吃這碗飯的，都有一些退身技巧的。」

孟森想想，也確實沒有別的辦法可想了，便說道：

「殺豬的，就按照你說的吧。不過我警告你啊，今天你在這裏跟我說的，一個字都不能對別人透露，包括束濤也一樣。如果讓我知道你對外人說過一個字，你在海川這麼多年，也該知道我孟森的行事風格，到時候我一定親手把你挖個坑給活埋了，省得留你在這世界上再去騙人，你聽到了嗎？」

無言道長趕緊點了點頭，說：「孟董，您就放心吧，我一定一個字都不對外透露的。」

兩人就從堤壩上下來，上車繼續往海川趕。

走了一會兒，無言道長忍不住問孟森：「孟董，我覺得我沒露什麼馬腳啊，你是怎麼發現我是個騙子的？」

孟森瞅了無言道長一眼，說：「是你晚上說夢話說出來的，媽的，我提醒你啊，再不要隨便跟人睡一個房間，否則誰知道你做夢的時候會再說些什麼。」

無言道長尷尬的笑笑說：「原來是這樣啊。」

車子又開了將近兩個小時，到了無煙觀。

孟森在觀門口停了車，看了看無言道長，意思是讓無言道長下車。沒想到無言道長並沒有下車的意思，他諂媚地對孟森說：「孟董，你看我這也跟你跑了一趟齊州了，就沒有點那個什麼嗎？」

孟森瞪了一眼無言道長，說：「我還沒跟你算騙我的賬呢，你倒還想跟我要錢啊？」

無言道長嘻皮笑臉地說：「不是啊，孟董，孟副省長的意思可是讓你好好的答謝我的，萬一將來有一天他要問起這件事情來，我要怎麼回答啊？」

孟森質問說：「殺豬的，你這是想威脅我嗎？」

無言道長無賴地說：「威脅我當然是不敢啦，不過孟董財大氣粗，手指縫掉個三萬兩萬的，應該不會覺得少了什麼的。」

孟森聽了，不禁罵道：「媽的，你還真是一副無賴的嘴臉啊。」

孟森說完，從皮包裏拿了兩萬出來，扔給無言道長。他想想覺得這個無言道長還有利用價值，所以也就不在乎這兩萬塊錢了。

無言道長笑著把錢裝進了口袋裏，說：「謝了，孟董。」

無言道長下了車，揮手跟孟森告別之後，就往觀裏走。

孟森也準備開車回海川市區，車剛開出不遠，忽然想起一件事情，便倒車回來，按了按喇叭叫住無言道長。

無言道長便轉回身來，問道：「還有事啊，孟董？」

孟森說：「我想起一件事情，你這幾天趕緊想辦法研究一下新來的市委書記莫克的資料，到時候有用。」

無言道長納悶地看了看孟森，說：「孟董想要做什麼？」

孟森說：「當然是用你所長啦，到時候具體要你做什麼，我會打電話跟你說的。」

無言道長便說：「行，我會做好準備工作的。」

孟森這才發動車子離開了。

北京，週末，鄭堅家中。

周娟拉著鄭莉的手，叮嚀說：「小莉，懷孕了自己可要注意些啊。」

鄭莉不以爲意地說：「我沒事，阿姨，才多長時間啊，我根本就沒感覺到什麼。」

鄭堅忍不住責備鄭莉說：「你這孩子懂什麼，就是前幾個月要多加注意，不小心很容易流產的。傅華，這段時間可不准惹小莉生氣，家裏的活你也要多做一些，知道嗎？」

傅華趕緊說：「我知道，你放心，我會照顧好小莉的。」

周娟卻不放心地說：「你怎麼能照顧好小莉呢，男人終究是粗心大意的，小莉啊，這段時間你有空就多過來，我可以陪陪你，也可以燉點湯給你補身子。」

鄭莉笑笑說：「好了好了，我會多過來的，你們對我這麼呵護備至，我還真是不太適應呢。」

聊了一會兒，鄭莉和周娟去忙活做飯了，剩下鄭堅和傅華則在客廳閒聊，傅華突然想起也許可以跟鄭堅打聽一下方晶的事，也試探一下新和集團究竟都有哪些人參與。

傅華便說：「爸，有件事我想問你一下，那個鼎福俱樂部的老闆娘方晶，你熟悉嗎？」

鄭堅瞅了傅華一眼，說：「小子，你想幹嘛，怎麼突然問起方晶來了？」

傅華笑笑說：「也沒什麼，就是前些日子我聽我們新來的市委書記莫克說，他跟這個方晶還是舊識，我就有些好奇，原來方晶還有這麼一層背景啊。」

鄭堅說：「這有什麼可好奇的，北京這地方本來就是聚集了全國各地的精英人物的，方晶跟你們的市委書記熟悉也很正常啊。」

傅華試探地說：「這女人能在寸土寸金的北京精華區站穩腳跟，恐怕身後不止一個市委書記那麼簡單吧？」

鄭堅起了疑心，說：「小子，你的話題緊繞這方晶不放，究竟想說什麼啊？」

傅華笑笑說：「我是想問一下，方晶是不是新和集團的一分子？」

鄭堅打馬虎眼說：「這你問我不著，新和集團又不是我搞的，你要問，去問湯言啊，他是這次新和集團重組海川重機的主角，他肯定知道新和集團裏面都有些什麼人。」

傅華說：「湯言不可能告訴我這個的，不過，你也不用裝了，我知道你肯定是新和集團中的一分子。」

鄭堅說：「小子，話可不是隨便說的，你憑什麼說我是新和集團的一分子？」

傅華笑說：「我研究過新和集團的註冊資料，雖然新和集團的大股東是一家離岸公司，查不出什麼線索，但是小股東當中，我卻看到了一個熟悉的名字：林姍姍，這說明裏面有中天集團的加入。聯想到你最近操作中天集團上市失敗，這時候中天集團再想正規上市，已經是不可能的。所以你和中天集團很可能另闢蹊徑再謀上市。而海川重機的重組對你們來說，就是一個很好的機會，這樣你和中天集團都能成功地從目前的困局中解套。」

鄭堅不願意承認，便說：「小子，這不過是你的臆測罷了。」

傅華說：「這可不僅僅是臆測，我是有根據的。」

鄭堅笑說：「就憑新和集團小股東中有林姍姍的名字？」

傅華搖搖頭說：「不僅僅是這個，我看了湯言重組海川重機的方案，他想把海川重機的主業轉換為房產開發，這是中天集團的主業，你可別告訴我，海川重機啓動重組之後，新和集團不準備收買中天集團手中的房產項目，否則我真的不知道海川重機的主業要怎麼轉換爲房產開發。」

鄭堅卻始終不肯鬆口，說：「小子，你就是說到天亮，這些也是推測之詞，你愛怎麼說就怎麼說吧，我不予置評。」

傅華笑笑說：「你不用置評了，我想我已經知道答案了。」

鄭堅說：「你知道答案了？答案是什麼？」

傅華說：「答案就是我說的這樣子啊。你和中天集團在新和集團都有份啊。」

鄭堅笑了笑說：「小子，你跟我耍詐，來套我的話是吧？我不會上你的當的。我還是那句話，不予置評。」

傅華忍不住說：「行了，別來這套了。你發現沒，從頭到尾，你對我說的都沒否認，只是含糊以對。按照你的個性，如果你和中天集團都沒參與，你馬上就會跳出來否認的，根本就不會說什麼不予置評的廢話。」

鄭堅聽了，不禁說道：「小子，你是有點小聰明，可惜都沒用到正道上。哎，我說你要是把這個聰明勁用到賺錢或者做官上，我相信你的成就肯定不會差啦。」

傅華訝異地說：「這麼說，你們真的有參與了？」

鄭堅說：「你別問我了，反正我是不會公開承認的。小子，你打聽這些幹什麼啊？又是爲了維護你們市政府的利益嗎？」

傅華說：「當然啦，我可不想海川重機成為你們炒作的工具，那裏面有幾千名工人呢，必須為他們考慮。」

鄭堅笑了笑說：「小子，省省吧，別跟我說這些大道理，那些工人今天的命運可不是重組造成的，而是他們頑固守舊，沒有能夠很好的經營造成的。再說，如果湯少不出面重組海川重機，海川重機的結局只有一個，就是破產，我相信破產了，工人們的結局不會比重組更好，所以他們應該感謝湯少的重組，起碼可以為他們提供一些安置的費用。」

傅華說：「你說的也不是沒有道理，不過……」

「別不過了，」鄭堅打斷了傅華的話，說：「我覺得這件事情沒有什麼討論的必要，湯言已經找了你們東海省的省委書記，你們海川市除了接受這個安排之外，我看不出還有別的什麼路走。行了，今天你和小莉是來吃飯的，我不想跟你爭這些無謂的東西。」

傅華也不想為了這個跟鄭堅再鬧得不愉快，就笑笑說：「不爭就不爭，那你再跟我說說方晶這個人吧。」

鄭堅笑了，說：「小子，你又繞回來了，看來你是不達目的不甘休啊。行，我今天心情好，就跟你說說這個方晶。不知道前幾年江北省省長林鈞因為巨額受賄被判死刑的事情，你聽說過沒？」

傅華笑說：「當然聽說了，這可是轟動一時的大新聞，林鈞受賄，數額之巨，創了當時的紀錄。」

鄭堅說：「那我告訴你，這個方晶原來就是林鈞的情婦，她因爲當時人在國外，逃過一劫，後來回北京發展。你說的不錯，她的身後不僅僅有莫克這個市委書記，還有很多林鈞當年的人脈。所以我勸你別再四處打聽她了，她的背景絕非你一個小小的駐京辦主任能夠摸清楚的，小心別惹禍上身，知道嗎？」

傅華心中十分震驚方晶竟然是這樣一個來歷。

這時鄭莉走了過來，對鄭堅說：「爸，什麼惹禍上身啊，你又在教訓我老公了？」

鄭堅不禁搖搖頭，說：「哎，真是女心向外啊，就只擔心我教訓你老公。是啊，我是在教訓他，這傢伙好奇心太強了，四處問人家的背景。北京這地方藏龍臥虎，很多人可不是能隨便打聽的，所以我警告了他一下，你覺得不應該嗎？」

鄭莉笑笑說：「應該，應該，你也是爲他好嘛。好啦，你教訓完了吧？我們吃飯吧。」

鄭堅高興地說：「好，吃飯。」

海川市。

市委書記莫克和市長金達都站在海川市政府的門前，他們在等著省長鄧子峰的到來。

由於省裏明確通知不要搞接送那一套，莫克和金達便沒有去海川界碑處接鄧子峰的大駕，而是在市政府這邊等候著。

九點多一點，鄧子峰到了，曲煒作爲秘書長隨行。鄧子峰下了車，跟莫克和金達握了握手，莫克就邀請鄧子峰去會議室稍坐，也讓海川方面做相關情況的彙報。

鄧子峰卻說：「不坐了吧，我想，實地看是遠勝過坐在會議室裏聽彙報的。」

曲煒在一旁解釋說：「莫書記、金市長，鄧省長的意思是直接去海川海洋科技園看一看。」

鄧子峰笑笑說：「是啊，我在嶺南省的時候，就在報上看過海洋科技園的報導，感覺很不錯。金市長，你爲我們東海省做了一件很好的事情啊。」

金達謙虛地說：「鄧省長謬讚了，這不是我個人的力量所能做出來的，是在省委省政府的領導下，以及海川市委市政府一班同志的共同努力之下，海川海洋科技園才有了這般模樣。」

鄧子峰既然不願意在會議室聽彙報，一行人就直接去了海川海洋科技園。

鄧子峰參觀了海洋科技園中幾個入駐企業，這些企業在海洋科技園中發展的很不錯，他們研發的不少項目都在國內及國際上獲獎過，影響很大。

鄧子峰聽著彙報，不時還回過頭來詢問莫克、金達問題，顯得興致勃勃，看得出來，他對海川海洋科技園的發展很滿意。

看完海洋科技園，鄧子峰一行人又去海川一家最新發展起來的新型製冷劑公司，這是一家民營企業，擁有新型製冷劑的發明專利，算是一家高科技企業。鄧子峰看這家公司，是想考察一下民營龍頭企業的發展狀況。

參觀完這家高科技公司，已經到了中午，鄧子峰就接受了這家民營公司老板的邀請，在公司食堂吃了午餐。

調研一直進行到現在，可以說都很順利，並沒有發生任何超出預定行程之外的事情。

吃完午餐，按照預定行程，鄧子峰準備離開市區，去海川一個郊區農業大縣看看海川農業的發展狀況。

離開主要城區，金達原來最擔心的海川重機工人鬧事的狀況就不可能發生了，因爲那些工人是不可能跟著鄧子峰去那個農業縣的。

看來這次接待鄧子峰的調研將會很順利，在車內的莫克和金達都放鬆了下來，他們的思緒立即飛到了下一個行程，各自想著要如何跟鄧子峰彙報海川農業發展的情形。

就在兩人心情放鬆下來的時候，一個看上去五十歲左右的婦人，突然從警方布下的警戒線後面竄了出來，高叫著：「省長大人，冤枉啊！」然後竄到鄧子峰所坐的轎車面前猛地就是一跪。

事發突然，負責保安的員警都來不及阻攔這個女人，幸好轎車司機經驗老道，猛地一打方向盤，讓過了跪在地上的女人，才沒有撞上她。

這時員警圍了上來，想把那個婦人給拖開，農婦卻一直高喊著「省長大人，冤枉啊！」不願意離開。

警察哪容得她這樣，強行將她給拖走了。

車內的鄧子峰也是嚇了一跳，臉色發青，聽到外面那個女人還在喊叫著，就讓司機停車，下了車。

鄧子峰的車一停下來，後面的車隊都都停了下來，莫克、金達和曲煒也下了車，趕緊跟了過來。

莫克與金達沒想到會發生這種事情，臉色陰沉著，心中懊惱著一天的好局面就完全毀在這個喊冤的婦女身上了。

曲煒面色難看地對金達和莫克說：「你們是怎麼警戒的，剛才省長要是出點什麼事，你們誰負得起這個責任？」

鄧子峰擺了擺手，說：「曲秘書長，你別怪莫克和金達同志，事發突然，他們也是防不勝防的。莫克同志，你讓員警把那個婦女給放過來，我想問問究竟是怎麼回事，讓她這麼不要命的來喊冤？」

莫克就過去讓員警把那個農婦放了過來，那個農婦走到鄧子峰面前，撲通一下跪倒在地，說：「省長大人，你可要幫我申冤啊，我的女兒被人害死了，還被冤枉是自己吸毒過量猝死的。」

原來這個女人就是褚音的母親，她跟丈夫回家之後，越想越覺得不能就這樣算了，女兒的冤屈不能就這樣被埋沒，她必須找出那個真凶，為女兒報仇。

她這麼想，可是丈夫並不支持，還一直勸她認了，不要再鬧事。她知道丈夫是被那十九萬塊蒙住了良心，是不可能幫女兒申冤的，她就離開家來到海川，想要查明女兒的死究竟是怎麼一回事。

然而，她一個鄉下人也不知道該怎麼入手，查了幾天，自然是毫無頭緒。恰在這時，她看到員警施行戒嚴，打聽下才知道新來的省長要來海川調研，她就等在路邊，想等省長過來的時候喊冤。

員警警戒通常只盯著路過的車輛，對一個在路邊規規矩矩的女人自然是不太注意，這給了她空子，讓她竄了出來。

鄧子峰趕忙上前攙扶褚音的母親，說：「這位大嬸，快起來，有事慢慢說，別跪著。」

褚音的母親站了起來，對鄧子峰說：「您就是省長大人吧？」

鄧子峰說：「別叫大人，叫同志，是，我就是省長鄧子峰。你冒著生命危險強行攔車喊冤，究竟是發生什麼事了？」

褚音的母親說：「省長同志，你要為我主持公道啊，我的女兒死得太冤了啊。」

鄧子峰安撫著說：「你慢慢說，別急，究竟是怎麼一回事啊？」

褚音母親說：「我女兒在這裏的興孟集團工作，被安排接待了一個省裏來的大官，結果被那個大官給害死了，興孟集團的老闆擔心事情敗露，就收買了醫生和警察，當天就把我女兒的屍體給火化了。省長同志，你可要幫我查明這件事情，還我女兒清白啊。」

聽到興孟集團和省裏的大官，鄧子峰心裏咯登一下，這個女人所說的大官，會不會就是指孟副省長？這個女人這麼說，是有真憑實據，還是僅僅是空口說白話？如果真要追到孟副省長頭上，那可要驚動中央了。

鄧子峰看了一眼眼前的女人，說：「這位大姐，你所指控的可是很嚴重的犯罪，請問你能拿出證據來嗎？」

褚音的母親說：「我有證據，是我女兒的一個朋友寫給我揭發事情真相的信，我帶著呢。」

褚音的母親就把信遞給鄧子峰，鄧子峰看了看，字寫得歪歪扭扭，內容倒是跟褚音的母親說的一樣，但是後面連個具名都沒有，這種證據的強度是不夠的，尤其是想要扳倒孟副省長就更不可能了。

鄧子峰就不願意繼續查這件事情了，他不能因為一封沒頭沒尾的信，就大張旗鼓的採取什麼行動。

鄧子峰便笑笑說：「大嬸，你說的情況我知道了，我會把你的事情轉交給警方去處理的。」

褚音的母親搖了搖頭，說：「不行啊，省長同志，這裏的警察都被孟森給買通了，他們不會真的幫我女兒申冤的。」

鄧子峰自然不能說公安部門不好，便說：「這位大嬸，你要相信我們的員警同志，他們一定會秉公執法的，你放心吧，我會關注這件事的。莫克同志，你交代海川警方好好處理一下。」

一旁的莫克點點頭，鄧子峰就不再理會褚音的母親，回頭上了車，繼續下一站的行程去了。

褚音的母親還在後面叫著：「省長，你不能就這麼離開啊，你要幫我申冤啊。」但是鄧子峰已經不理會她了，警察圍了上來，阻擋住褚音母親，不讓她再有任何接近鄧子峰的機會。

莫克交代在現場主持警戒的姜非，說：「姜局長，你安排人先把這個女人帶回局裏，調查一下她說的是否屬實，回頭專門向我彙報。」

姜非點點頭，說：「好的。」

莫克又責備說：「你們今天的警戒工作做得很差，下面要是再出這樣的紕漏，我唯你是問，知道嗎？」

姜非苦著臉說：「我知道了，莫書記。」

莫克沒再跟姜非多廢話，簡單交代幾句之後，也上了自己的車，去追鄧子峰了。

鄧子峰接下來看了那個農業大縣的農業發展狀況，又詢問了當地一些農民的收入狀況，這一天的行程就結束了。

因爲時間已經很晚了，鄧子峰就留宿在縣賓館。金達和莫克也陪同留在這裏。

吃完晚飯，鄧子峰把金達和莫克找到房間裏談話，曲煒和其他陪同人員也在一旁作陪。

鄧子峰跟金達、莫克閒聊了一會兒，問兩人對海川發展的想法，這是兩人事先就做了準備的，因而侃侃而談。

聊了兩個多小時之後，鄧子峰讓金達和莫克離開了，曲煒和陪同的人員也想退出房間去，好讓鄧子峰休息。鄧子峰卻把曲煒留了下來。

鄧子峰問曲煒：「你對今天那個女人攔車喊冤的事怎麼看？」

曲煒看了看鄧子峰的表情，他不知道鄧子峰在想什麼，就笑笑說：「省長的意思是？」

鄧子峰說：「今天的警戒很嚴，怎麼會突然冒出一個女人來呢？這會不會是有人事先設計好的？」

曲煒愣了一下，說：「應該不會吧？就像您說的，這是一起突發事件，這個女人本來就不起眼，如果不是突然闖出來，警方是不會太注意到她的。」

鄧子峰又問：「那你覺得那個女人說的，是不是真的？」

曲煒想了想說：「我看那個女人的表情十分悲痛，不像是裝出來的，我想至少她女兒死亡的事應該是真的吧？」

鄧子峰懷疑地說：「那也就是說，真的有那位所謂省裏的大官了？你覺得這個人會是誰呢？」

曲煒其實在聽到那個女人說的話時，腦海裏產生的第一個念頭，也認爲這個大官很可能就是指孟副省長。不過這僅僅是他的猜測，他不能在鄧子峰面前這麼說，於是便笑了笑說：

「這我就不好說了，我看那個女人並沒有提出明確的證據，存不存在這個人還很難說；就算真有這個人，這個人也不一定真的是什麼大官，一般來說，鄉下的老百姓見到省裏來的人，就算這人沒擔任什麼要職，也會說他是在省裏做大官的。我覺得省長您今天的處理方式很好，先交給下面調查，真有其事的話就秉公處理，沒有的話也不會造成什麼影響。」

鄧子峰笑了，曲煒的話很有意思，雖然曲煒說的不偏不倚，似乎很公正，但其實是有言外之意的，意思是希望鄧子峰儘量少介入這件事，把事情交給下面去處理，這樣也不會讓人認爲他是在針對誰。

鄧子峰更從曲煒的言外之意中聽出，曲煒也覺得這裏面可能牽涉到了孟副省長，因此才會勸他跟這件事保持距離，否則萬一到時候查不出什麼有力的證據，他跟孟副省長之間的關係就會變得很尷尬。

鄧子峰便點點頭說：「這倒也是。」

曲煒看鄧子峰明白了他的意思，便笑笑說：「很晚了，省長早點歇著吧，明天我們的行程可是很繁忙的。」

鄧子峰看了看手錶，訝異地說：「沒想到已經十一點了，還真是該休息了，你也累了一天，早點睡吧。」

第四章

百密有一疏

孟森愣了一下，沒想到姜非會查到他往來齊州和海川的行車紀錄，
這可是百密一疏啊，看來這傢伙調查工作做得還挺仔細的。
不過他並不擔心，他知道孟副省長在來去的路上都很小心，不讓人注意到他的臉。

就在曲煒和鄧子峰談話的時候，在海川市區，孟森把濱港醫院的院長蓋甫找到了他的辦公室。

孟森已經從公安局的內線得到了褚音母親攔車告狀的事，內線讓孟森要做好應對的準備。孟森暗罵褚音的母親不是東西，拿了錢還不依不饒。罵完之後，孟森就趕緊把蓋甫找了來。

他心想，如果這件事有什麼地方可能出問題的話，那最弱的一環就是濱港醫院的蓋甫了，因爲只有蓋甫心裏清楚褚音在到醫院之前就已經死了。這個事實如果被查出來，那褚音的死因就很難解釋了。

蓋甫神色慌張的進了孟森的辦公室，看到孟森就叫說：「孟董啊，現在那個女人的媽把事情鬧到省長那裏去了，這下可麻煩了，你說我們要怎麼辦啊？」

孟森瞪了蓋甫一眼，說：「你慌什麼啊？事情還沒查到你頭上呢。」

蓋甫擔心地說：「可這是早晚的事啊，現在省長交代下來要查，公安部門肯定會回來追查醫院的。那個公安局長姜非，我聽說是刑偵出身，查案子是一把好手，這次驚動了省長，他一定會親自出馬的，被他查出什麼來，我們就完了。」

孟森斥責說：「你別這麼長姜非的威風，他也不是三頭六臂，查案子也要講證據的。

我叫你來，就是想告訴你，你把褚音的病歷給我做得好一點，別讓人看出什麼問題來。」

蓋甫說：「病歷我今天調閱過了，一點問題都沒有。」

孟森說：「那就行了。其他的就看你的牙關緊不緊了，你咬死了不承認，姜非也拿你沒辦法的。千萬記住一點，一定要堅稱說褚音是在你們醫院搶救無效死亡的。」

蓋甫點了點頭，說：「這一點我會堅持的。」

孟森說：「你一定要堅持到底，否則你是第一個要去吃牢飯的。現在大家在同一條船上，同舟共濟吧。」

蓋甫說：「我明白。」

打發走蓋甫之後，孟森又打電話給陸離，陸離沒有接，直接按掉了。

過了一會兒，一個陌生的號碼打了過來，孟森接通後，對方說：

「我陸離啊，孟董，以後不要再打我的手機了，要聯繫就打這個電話，要提防別人查我們的通聯紀錄。」

孟森說：「我明白。看來陸大隊長已經有所準備了？」

陸離笑了笑，說：「當然有所準備了，那個臭娘們想要告我們，沒那麼容易！倒是她老公給你簽的那份協議，你要保存好，到時候一定有用的。」

孟森趕忙說：「我保存的很好，到時候姜非如果問我，我就說那個臭娘們本來對她女兒的死因沒有異議，後來因爲想要勒索不成，這才攔車喊冤的。」

陸離說：「對，你就這麼說，她已經拿了十九萬，我看她到時候怎麼解釋。」

孟森又跟陸離談了一下具體的細節，兩人把所有的口徑都統一好，確信足以應付姜非，沒有問題了，這才掛斷了電話。

第二天上午，鄧子峰又走了一個海產養殖縣，中午吃過飯就離開了海川。送走鄧子峰後，海川的官員們也都回到各自的單位。

姜非回到公安局後，馬上安排詢問褚音的母親，他知道必須儘快處理，不給孟森串供的時間以應付調查。

然而，姜非對詢問的結果並不滿意，他沒有從褚音母親那裏得到什麼有用的資訊。雖然他暗地做了調查，證實那晚確實有人從齊州過來，但是一直缺乏有力的證據把這些線索聯繫起來。

雖然對訊問結果並不滿意，但是姜非並沒有完全失去信心。他決定把相關的責任人都調查一遍，他不信其中就一點漏洞都沒有。

姜非首先傳喚了濱港醫院的院長蓋甫，蓋甫似乎早有準備，到公安局的時候帶來了褚音的全套病歷，對姜非的詢問也對答如流，毫不慌張。

姜非的心在往下沉，蓋甫這個樣子，說明對手已經做好充分的應對準備，這次恐怕又要失望了。

姜非緊接著把陸離找了來，陸離是刑警大隊的大隊長，應對自然更爲得體，他講了刑警大隊如何接到報案、如何對死因展開調查、如何確認死因，對各個環節都做了詳盡合理的解釋，姜非對此也無話可說。

事情進展到這一步，就只剩下詢問孟森了，雖然姜非到此時基本已經不抱任何希望，但詢問孟森仍是必要的程序，姜非還是將孟森傳喚來了。

孟森一見到姜非就喊冤說：「姜局長，你可要爲我主持公道啊，褚音這家人簡直就是無賴，他們根本就是想利用褚音的死來訛詐我。」

雖然明裏暗裏鬥了這麼長時間，但是姜非還是第一次這麼面對面的跟孟森交鋒，看孟森一來就倒打一耙，姜非心中不禁暗自氣道：這傢伙真是滾刀肉啊，害死人還這麼理直氣壯。

不過他拿不出孟森害死人的證據，只能暫時忍下這口氣，說：「孟董啊，說說吧，究竟是怎麼一回事？」

孟森一副受了冤屈的樣子，說：

「只能算我倒楣，不該用了褚音這個員工，我根本就不知道她吸毒，知道的話，打死我也不敢用她啊，結果就攤上了這碼子事。她自己吸毒出了狀況，我趕緊叫救護車把她送到醫院，結果搶救無效，她死了之後，我還得幫她處理後事，這才發現她留在公司的資料很不完整，根本就無法聯繫到她的父母，迫於無奈，只能先把她給火化了。沒想到這一步錯招就被她的父母抓住了不放，非說是我害死了他們的女兒，我說我有醫生的死亡證明和公安部門的死因確認，怎麼能說是我害死你們女兒呢。結果褚音父母就大耍無賴，非要我賠償他們的損失不可。

「我當然沒有賠償他們的理由啦，就拒絕了，這下子惹惱了他們，這對夫妻竟然在我們興孟集團的門口燒紙鬧喪，公司的保安勸阻無效，我只好報警處理。刑警大隊的陸大隊長也拿這對夫妻沒辦法，就協調說，讓我花點錢消災。我看看也再沒別的好辦法，就同意給他們十九萬作爲補償。原本想事情就到此爲止了，哪知道這對夫妻貪心不足，拿了十九萬還不滿足，又想找我來要錢，被我嚴詞拒絕了，她就惱羞成怒，搞了一齣攔車喊冤的把戲出來。

「姜局長，我這裏有他們夫妻跟我簽的補償協議，你看看，我說的是不是事實？」

孟森把協議遞給姜非，姜非看了看，也有些無語，協議書上明確的承認褚音是死於自己吸毒過量，下面有褚音父親的簽字畫押。

這份協議一拿出來，整件事情的味道就變了，倒好像真的是褚音的父母勒索孟森了。

就算不是這樣，褚音父母再爲褚音申冤的正當性也降低了很多。

姜非看了看孟森，說：「孟董，褚音的母親指控說，你安排他女兒接待省裏來的一位大官，有沒有這件事？」

孟森趕忙搖搖頭，說：「怎麼會有這種事呢？絕對沒有！」

姜非不相信地說：「真的沒有？」

孟森十分堅決地說：「我對天發誓，真的沒有。」

姜非便問道：「那我們怎麼從高速公路的收費站截取到了你在當晚往來於齊州和海川的行車紀錄？這份行車紀錄中，顯示了是你在開車，後座上有一個人，你當晚跑了兩個來回，顯然是接了人又將人送走。說說這是怎麼一回事啊？」

孟森愣了一下，沒想到姜非會查到他往來齊州和海川的行車紀錄，這可是百密一疏啊，看來這傢伙調查工作做得還挺仔細的。

不過他並不擔心，他知道孟副省長在來去的路上都很小心，經過收費站的時候，他的頭還會故意低下來，不讓人注意到他的臉。所以就算是有錄影，肯定也拍不到孟副省長的臉。

孟森老神在在地說：「姜局長，這你可能誤會了，我是接了朋友來海川，不過那是生意上的夥伴，與褚音的死沒有絲毫關係的。」

姜非便問：「那你這個朋友叫什麼名字啊？做什麼生意的？」

孟森說：「這牽涉到我公司的商業機密，恕我不能告訴你。」

姜非笑了笑說：「孟董，你不說這個人的名字，是不是心中有鬼啊？」

孟森說：「姜局長，我是做生意的，有些生意上的細節是無法公開的，信不信由你了。你如果有證據證明是我害死了褚音，那你抓我好了，這個朋友的名字我是不會透露的。」

姜非說：「可是時間點這麼巧合，你不說他的名字，很難讓人釋疑啊？」

孟森笑笑說：「這沒辦法，我需要遵守一些商業上的倫理，這也是尊重商業上的合作夥伴，要不這樣，你給我點時間，讓我跟他溝通一下，如果他同意公開，我就可以告訴你了。」

姜非質疑說：「我看你是想找人頂替吧？」

孟森叫屈說：「姜局長，你把我想的太壞了，我可沒這個意思啊。」

姜非明知道孟森是在狡辯，但是也拿孟森沒辦法。他還不能隨便扣留孟森，孟森是省政協委員，要對他採取強制措施，需要省政協的同意，如果沒有強有力的證據，他是無法取得省政協的同意的。

姜非無奈地說：「好了，孟董，你是個什麼樣的人，大家心裏都清楚，今天就問到這裏吧，你先回去吧。」

孟森心中不無得意地說：「那我就先回去了，以後姜局長還有什麼需要我配合的，儘管叫我來，我隨傳隨到。」

姜非說：「放心，我一定會再找你的。」

孟森離開了，姜非坐在那裏，陷入了沉思之中。

這個孟森還真是難纏啊，幾番交鋒，他都沒占到什麼上風。這一次雖然有省長的指示，但是查到現在，還是沒有任何可用的線索，搞不好又要無功而返了。

現在只剩下一條線索沒有查，那就是偷偷在褚音父母房間塞信的那個人究竟是誰？如果能找到這個人，問題也許就能迎刃而解。

這個人很可能是與褚音一起做特種行業的姐妹，不知道這個女人現在在哪裡，孟森有沒有對她怎麼樣？剛才姜非沒有提到這個人，就是擔心會提醒孟森這個人是關鍵性的人物，從而讓孟森對這個人下手。

看來要趕緊安排人查一下孟森的夜總會小姐，這個女人應該就在其中。

但是查下去的結果令姜非更加失望，孟森的夜總會出事之後，已經完全停業，原來養的那批小姐都各奔東西了。這些人身分本來就很隱蔽，流動性又強，想要把她找出來，根本就是不可能的。

案子走入了死胡同。莫克又催著姜非要結果，姜非只好把調查出來的結果報告了莫克。

莫克看了相關資料，說：「這根本就無法證實什麼嘛，反倒讓我覺得這個女人是想詐訛興孟集團。這樣吧，你跟我去趟省裏，跟省長做一次彙報，看省長想要怎麼辦。」

莫克就帶著姜非去了省政府，專門跟鄧子峰作了報告。

鄧子峰聽完，說：「既然這個婦女所說的並無證據支持，調查就到此爲止。你們好好跟她解釋一下我們的司法原則，沒有證據，我們是沒辦法幫她的，希望她不要再鬧了。」

褚音的母親聽姜非說事情查無實據，公安部門無法繼續調查下去，立即恨恨地說：「我就知道你們一定會袒護孟森這個王八蛋的，你們都拿了他的賄賂。」

姜非苦笑說：「不是你想的這樣子，你確實沒有提供我們足夠的證據，讓我們可以去查辦孟森啊。」

褚音的母親冷哼一聲說：「你不用找藉口了，我是個小老百姓，我有什麼辦法提供足夠的證據啊？查證據不是你們這些警察應該做的事情嗎？根本就是你們不想查辦孟森，才拿什麼證據不足來搪塞我的。我不會就這樣認了的，我要去北京，我不相信北京也沒有我們老百姓說理的地方。」

姜非勸說：「你別這樣子，沒有證據，你去哪裡都是一樣的，如果你能找到強有力的證據，你再來找我，我會幫你查辦到底的。」

褚音的母親心灰意冷地說：「不用了，你們這些人早就被孟森給收買了，是不會幫我們老百姓伸張正義的。」

姜非還想說些什麼，但是他看到褚音母親的眼中全是憎惡，心裏明白再怎麼解釋也沒有用，只好無奈的看著褚音的母親帶著恨意離開了他的辦公室。

北京，湯言辦公室。

鄭堅坐在湯言的對面，說：「湯少，我搞不明白你現在究竟是什麼意思啊，怎麼海川重機的重組再沒有動靜了？」

湯言笑了笑，說：「鄭叔，怎麼你著急了？」

鄭堅搖搖頭說：「我不是著急，我是有點搞不懂，現在已經萬事俱備了，爲什麼你還遲遲不刮這個東風呢？是爲了那個方晶嗎？」

湯言解釋說：「不僅僅是爲了方晶的緣故，我是覺得，有些問題可能不是我當初想的那麼簡單。尤其是我事先沒有考慮到海川重機的工人對這件事情的反應，如果工人們對這件事情過度反應的話，在現在維穩的大形勢下，重組很可能需要我們付出高昂的代價的。」

鄭堅不禁說道：「那你什麼意思啊？不想做了？」

湯言苦笑說：「我已經深陷其中了，現在就是想退出，恐怕也不是那麼容易。」

鄭堅聽了，說：「湯少，既然想做，還是儘快想辦法動起來吧，以我的經驗，事情越拖越麻煩的。對了，傅華似乎知道新和集團的股東都是誰了。」

湯言說：「他跟你說這件事情了？」

鄭堅點點頭說：「上個週末他們夫妻來我家吃飯，談起了這件事。」

「這麼說你們和好了？」湯言問。

鄭堅說：「是啊，小莉懷孕了，這小子不想讓小莉夾在中間爲難，所以主動找我說了對不起。」

湯言訝異地說：「小莉懷孕啦？呵呵，恭喜你了鄭叔，你要做外公了。」

鄭堅笑笑說：「謝謝。」

湯言便問：「關於新和集團股東的事，傅華都說了些什麼？」

鄭堅說：「他猜到我和中天集團都是新和集團的股東之一，不知道這小子怎麼察覺到方晶也有份，還跟我打探方晶的情形，想要摸方晶的底。」

湯言不禁看了看鄭堅，說：「鄭叔，那你都承認了嗎？」

鄭堅搖了搖頭，說：「沒有，我都說我不會發表任何看法的，這些都是他自己分析給我聽的。這小子也算是有點腦子，分析得很到位。」

湯言笑笑說：「他在我面前也打探過方晶的背景，不過我沒接他的話。我估計是上次去海川，他看我跟莫克提起了方晶，嗅到了什麼，才起了疑心的。」

鄭堅忍不住埋怨：「這小子就是這樣，總好像別人都等著害他似的，真是受不了。」

湯言笑了笑說：「鄭叔，既然他這麼好奇，你說，我是不是把方晶這張底牌亮給他看啊？」

「這好嗎？」鄭堅質疑說。

湯言說：「這也沒什麼不好的，方晶這張牌，除了她神秘的背景之外，也並沒有什麼打不出手的。而且方晶跟莫克的關係，傅華也知道，讓他知道方晶也加入新和集團，我覺得只能讓傅華對新和集團多幾分畏懼，其他的應該沒什麼妨礙。」

鄭堅想了想說：「也是，新和集團除了中天集團這個股東不方便公開之外，其他的倒也無所謂，方晶這張牌亮了也就亮了。」

湯言說：「那回頭我約一下傅華在『鼎福』見面，順便談一下簽訂重組合約的事。」

轉天，湯言便打電話給傅華，讓傅華晚上去鼎福俱樂部找他，說要跟他談海川重機重組的事。

傅華答應說：「行啊，我們晚上不見不散。」

晚上，湯言早早的就來到鼎福俱樂部，讓公關經理把方晶給找了來，對方晶說：「老闆娘啊，有件事我跟你說一下，一會兒傅華要過來，這傢伙好像嗅到了什麼，一個勁地找人打聽你的情況呢。」

方晶開玩笑說：「他打聽我幹什麼，不會是對我感興趣吧？」

湯言說：「他是對你可能是新和集團的股東感興趣，一會兒我如果告訴他，你確實是新和集團的股東之一，你會不會有意見啊？」

方晶聳了聳肩說：「這是事實嘛，告訴他就告訴他吧，我無所謂的。說起這件事來，我正好也想問你，錢我已經給你匯過去了，怎麼海川重機重組一直沒什麼進展啊？」

湯言說：「馬上就有進展了，今晚我約傅華來，就是想跟他談這件事，我準備正式跟海川簽訂重組合約，一會兒你就陪我一起見見他吧。」

方晶說：「那敢情好。」兩人就在包廂裏邊喝酒邊聊天，等待著傅華。

半個小時後，傅華依約而來。

方晶對他笑了笑說：「傅主任，我聽說你最近對我很感興趣，跟不少人打聽過我，怎麼，喜歡上我啦？」

方晶這是有些捉弄傅華的意思，她做過林鈞的情婦，雖然這段經歷她並不視爲是一種恥辱，卻也不喜歡別人來刺探她。湯言說傅華在背後打聽她，這多少有點惹惱了她。

傅華就有點尷尬，看了眼湯言，心說這傢伙約自己來，又把方晶也請過來，還告訴方晶自己在背後打聽她，看來是有意想要聯合方晶戲弄他了。

傅華便笑笑說：「老闆娘這麼漂亮，男人應該都會喜歡的吧？」

方晶故意靠近傅華，看著傅華，促狹的笑笑說：「傅主任，你別閃爍其詞，就說你是不是喜歡上了我吧？喜歡我就承認吧。」

這下子傅華有點受不了了，趕忙說：「老闆娘別跟我開這種玩笑了。」

方晶卻不想放過他，笑說：「傅主任，你剛才還說是男人都會喜歡我的，難道你不是男人？」

傅華說：「我是男人，但是我已經沒有喜歡你的自由了。」

方晶仍緊抓著不放，說：「這麼說，如果傅主任自由的話，一定會喜歡我了？」

傅華只好趕緊向湯言求救，說：「湯少啊，你別坐在那兒看好戲啊，老闆娘這麼咄咄逼人，你也不幫我解圍一下？」

湯言卻一副幸災樂禍的樣子，說：「話可是你自己惹起來的，關我什麼事啊？」

傅華有點不高興地說：「湯少，我可是你約來的，你不會是想跟老闆娘聯手起來捉弄我吧？」

湯言這才笑笑說：「算了，不逗你啦。傅主任，你不是很想知道新和集團中有沒有老闆娘的份嗎？來，我給你們正式介紹一下，這位方晶女士，就是組建新和集團的投資人之一。」

傅華愣了一下，雖然他早就猜到有這種可能，但是沒想到湯言直接就戳破了這層面紗，說方晶就是新和集團的股東之一，這下子海川重機的重組變得更複雜了起來，方晶的加入，等於意味著把莫克也扯了進來。

方晶見傅華沒應聲，笑說：「傅主任不說話，是不歡迎我的加入了？」

傅華笑笑說：「我怎麼會不歡迎呢，老闆娘的加入，是對我們海川經濟發展的支持，我當然歡迎啦。」

方晶便說：「既然歡迎，那我們就共同乾一杯吧，祝我們合作愉快。」

方晶說著，就拿起酒杯倒了三杯酒，往傅華和湯言面前各放了一杯，然後自己先端起一杯，說：「來，乾杯。」

湯言和傅華也端起酒杯，說了聲合作愉快，然後各自喝光了。

之後，湯言又給傅華倒了一杯，說：「這杯酒我要跟你道喜，聽說小莉懷孕了，恭喜你啊。」

傅華訝異說：「你知道了？」

「鄭叔跟我說的。」湯言回說。

方晶聽了，便起鬨說：「傅主任，看你笑得多甜啊，要做爸爸很幸福吧，這杯我得陪著，跟你沾點喜氣。」

三人又喝了一杯，傅華感覺喝的不少了，便看了眼湯言，說：「湯少，你不是說找我來是要談海川重機重組的事嗎？」

湯言說：「是啊，我們新和集團已經準備好了，可以去海川跟你們市政府正式簽訂重組協議了。傅主任，你安排一下吧。」

傅華心想：還好你前些日子沒說要去海川，不然我還得想辦法阻止你呢，現在鄧子峰的調研已經結束，你去就是海川重機的工人們鬧事，對海川市政府也不會有什麼太大的影響了，便說：「行啊，明天我就跟市政府方面彙報，然後安排湯少去海川。」

湯言滿意地說：「行，你們儘快安排吧，這件事也拖了很長一段時間了。」

傅華說：「我一定會催市政府儘快安排的。那湯少，就這樣吧，我要回去了。」傅華談完事情就想走人了。

湯言卻說：「傅主任，那麼急著走做什麼啊?多坐一會兒吧。」

方晶也不想就這麼放傅華走，她覺得還沒捉弄夠傅華呢，便說：「是啊，傅主任，每次你到我這裏來，都是來去匆匆的，不會是嫌我這個俱樂部地方小吧？」

傅華告饒說：「老闆娘，你真是會說笑，我怎麼會覺得你這個俱樂部小呢，你這裏可是北京有名的休閒場所，高官富賈雲集，我都覺得我不夠資格來呢。」

方晶笑說：「傅主任怎麼會不夠資格來呢，哦，我明白了，傅主任是還記著我們初次見面時我對你不禮貌啊，那我就更不能讓你走了，我給你倒酒賠罪，行嗎？」

方晶說的是她跟傅華第一次見面時，當時方晶知道傅華只是個小小的駐京辦主任之後，態度就冷淡了很多，那時還惹得湯曼的不滿，差一點當場對方晶發作呢。

傅華心知方晶並不是真心想要道歉，只是找個題目逼他喝酒罷了，便笑笑說：「老闆娘可別這麼說，我沒覺得你那天有什麼不禮貌啊，所以根本就沒怪你。」

方晶卻仍是糾纏著傅華，說：「那你更要跟我喝了這杯，我才會覺得你沒有怪我。」

傅華心想這杯酒是逃不過了，只好說：「老闆娘，你真是會勸酒啊。」

湯言在一旁看熱鬧地說：「傅主任，老闆娘都說到這份上了，你還是痛快點喝了吧。」

傅華無奈地說：「好吧，不過，喝了這杯，你們可一定要放我離開了。」

方晶就和傅華碰了一下杯，再次一飲而盡。

這次方晶喝得有點急，嗆了一下，眼淚都流了出來。

傅華趕緊抽出幾張紙巾遞給方晶，說：「老闆娘，酒可不是什麼好東西，別喝這麼急，傷了身體就不好了。」

方晶瞅了傅華一眼，說：「傅主任，你這是在關心我嗎？」

湯言在一旁打趣說：「誒，傅主任，看來你真是對老闆娘有意思了，這麼體貼的話都說得出來。」

傅華搖了搖手說：「真是怕了你們了，我只是覺得一個女人家不該這麼喝酒的，並沒有其他意思。」

沒想到這句話卻惹到了方晶，她看了傅華一眼，有點不高興的說：「傅主任，你什麼意思啊，什麼叫一個女人家不該這麼喝酒？怎麼，傅主任看不起我是個女人？來來，我們再乾三杯試試，看看究竟誰能喝。」

傅華有點怕了，再喝三杯，他一定會醉醺醺的回去，那樣一定會惹鄭莉生氣，而且懷孕的女人也聞不得這些酒味，這三杯說什麼也不能喝，便趕忙解釋說：「老闆娘，你誤會了，我可不是看不起你。」

方晶粉眼一瞪，說：「那你是什麼意思啊？」

傅華覺得方晶是有點酒意了，跟一個有酒意的人是有理說不清的，他便苦笑了一下說：「我發現我今天酒有點喝多了，連句話都說不好。好了，我真的該走了。」

方晶卻固執地不讓他離開，說：「不行，今天你話說不清楚，我不讓你走。說！你剛才說那句話到底是什麼意思？」

傅華不想跟方晶糾纏下去，說：「老闆娘，你別這樣，如果我剛才說錯了什麼，我跟你道歉好了。」

方晶卻說：「你這個人怎麼這樣子啊，你道什麼歉啊？我就是想你解釋清楚，爲什麼你說女人家不該這麼喝酒？這很難嗎？」

傅華看方晶有點纏夾不清，便說：

「好，我跟你解釋就是了。不是說我瞧不起女人，而是我認爲，以老闆娘各方面的條件來說，大可以不用這樣子跟男人拼酒的。」

方晶沒想到傅華會這麼說，一下愣在那裏。

傅華的話說到了她的傷心處，她忽然覺得很委屈。是啊，如果林鈞還在的話，她根本就不用出來應酬這些男人的。

她並不是個酒量很好的人，也不喜歡喝酒，可是開了這家俱樂部之後，她就必須做這些應酬，不得不沉湎於酒場，也不得不勉強自己喝酒。

傅華看方晶愣在那裏，覺得自己又說錯話了，趕忙說道：「看來我今晚真是不能開口了，一說就錯。我要趕緊走了。」

這次方晶沒有開口阻攔，傅華總算得以脫身，便匆忙離開了包廂。

湯言看看還愣在那裏的方晶，說：「老闆娘，你沒事吧？」

方晶面色難看地說：「我突然有點累了，可能真是喝多了，湯少，你自己玩吧，我就不陪你了。」

方晶說完，也不理會湯言，就離開包廂，直接回了家。

回到家後，她一個人孤零零的待在房間裏，越發感覺自己很孤單，就撥電話給馬睿，這一刻，她很想有個人能陪陪她。馬睿雖然不是一個理想的對象，但是她也找不到別人了。

馬睿等了一會兒才接通，小聲地說：「方晶，什麼事啊？怎麼這麼晚打電話來？」

方晶心情低落地說：「我忽然感覺自己很孤單，你能不能過來陪我一下啊？」

馬睿說：「不行啊，我現在在家裏，沒辦法出去。」

方晶央求說：「可是，我真的覺得一個人好孤單啊，你就出來陪陪我……」

這時，電話那頭傳來一陣嘟嘟的忙音，馬睿沒等方晶說完就掛斷了電話，馬睿可能是擔心聊的時間太長，會被妻子發現。

此時馬睿的無情讓方晶明白，雖然馬睿幫了她很多忙，但是他畢竟是有老婆孩子，不是她可以依靠終身的伴侶，起碼在這孤單的時刻，他是無法依靠的。

方晶狠狠地將手機摔到牆壁上，昂貴的手機砸在牆上，瞬間破碎了，方晶的自信和傲慢也隨著手機的破碎而瓦解。

她從來都沒感覺自己像現在這樣淒慘。以前，她認爲自己是世界上最優秀的女人，漂亮，高貴，擁有很多人所沒有的財富，她就是應該被男人圍繞，受女人嫉妒的那種女人。

現在她才明白，在她最孤單的時候，她卻連一個能夠陪伴她的男人都找不到。

她是一個沒有男人真心愛她的女人，這樣的女人還有什麼可驕傲的呢？

方晶趴在床上痛哭失聲，心中甚至有些恨起林鈞來了，林鈞當初自以爲是的設計了一個在異鄉共用富貴的計畫，誰知道自己竟賠上性命，現在空留她一個人在這世上飽受煎熬。

沒有心愛的人陪伴，就算有再多的財富又怎麼樣呢？

方晶哭了很久，才哭累睡了過去。

中午，她睡醒了，起床洗漱時，看到鏡中的自己眼睛都哭腫了，忽然覺得自己很可笑，都經歷了這麼多事情，自己怎麼還像小女孩一樣幼稚呢？

不管怎麼樣，生活還是要繼續下去，方晶在梳妝臺前把自己好好的打扮了一番，儘量掩飾了紅腫的眼圈，鏡子裏面的她，看上去又容光煥發了。

方晶把晶片卡從破碎的手機裏面拿了出來，去附近商店買了新的手機，剛裝上晶片，就有電話打了進來。看看是馬睿的號碼，她就接通了。

馬睿一來就質問說：「喂，你怎麼回事啊？你明知道那麼晚我肯定在家裏，你還打電話給我幹嘛啊？你是怕我老婆不發現我在外面有女人嗎？方晶，我們不是說好的嗎，絕不影響對方的生活？」

方晶更覺心酸不已，她沒想到馬睿打電話來不是安慰她，反而責備她不該亂打電話。這個男人，心裏還有她的位置嗎？還是僅僅把她當成一個洩欲的工具？

方晶雖然心裏委屈，也只能說：「對不起，我昨晚喝的有點多，情緒很糟，所以才打了那通電話。以後不會這樣了。」

馬睿不禁埋怨說：「你不能喝，以後就別喝那麼多了，免得收拾不住，可就麻煩了。」

雖然也是勸方晶少喝酒，但是馬睿的話跟傅華所說的，給她的感覺卻是南轅北轍，馬睿的話中更多的是責怪，而不是關心，他只擔心方晶喝多後可能給他造成的麻煩。

此時方晶忽然覺得傅華並不是那麼的討人厭了，起碼傅華的關心並沒有帶著什麼目的。

第五章

市委書記夫人

朱欣心裏很清楚，雖然她並沒有因為市委書記夫人的這個身分得到太多的實質好處，
但是如果沒有了這個身分，她的境況只會比現在差。
如果她真的把莫克的私事抖露出去的話，她這個市委書記夫人臉上也會無光的。

對方晶出現在駐京辦，傅華多少有點意外，他奇怪地說：「老闆娘，怎麼會來我這兒啊，不會是爲了我昨晚的話來興師問罪的吧？」

方晶笑說：「傅主任別來笑話我了，昨晚我喝多了，所以有點胡鬧，今天中午出來吃飯，正好經過海川大廈，想起你在這裏辦公，就上來跟你說聲抱歉。不好意思啊，傅主任，昨晚讓你難堪了。」

傅華沒想到方晶竟然是來道歉的，方晶向來看不起他，今天竟專程登門道歉，可是有點反常啊，便笑笑說：「老闆娘真是客氣了，道什麼歉啊，酒桌向來無大小的。」

方晶說：「道歉是應該的，昨晚我有失分寸了。誒，傅主任，沒想到你這裏的環境很不錯啊，這海川大廈是你們的嗎？」

傅華回說：「不完全是，我們駐京辦是股東之一。」

方晶稱讚說：「這大廈能夠冠名爲海川大廈，說明你們是主要的大股東啊，傅主任，你駐京辦搞得不錯啊。」

傅華笑了起來，說：「比起你的鼎福俱樂部，我這裏豈不是差得太遠了。」

方晶說：「那是兩碼事。誒，你別再老闆娘老闆娘的叫我了，我有名字，你就叫我方晶好了。」

相互稱呼名字是一種很親近的表示，通常都是很熟的朋友才會這樣。傅華呆了一下，他十分納悶今天的方晶怎麼對他的態度突然變得這麼好，甚至到了要他互稱名字的程度。

傅華的表情都看在了方晶的眼中，她苦笑了一下，說：「看來是我冒失了，我這種出身的人，可能不配跟傅主任做朋友吧？」

方晶的神情顯得很是失望，好像她是真心想要跟自己做朋友似的，傅華雖然不知道這裏面有什麼緣故，卻也不想讓方晶難堪，便搖搖頭說：

「你誤會我的意思了，實話說，今天的你，跟以前我接觸到的你，態度很不一致，所以讓我有點錯愕。」

方晶這才露出笑容說：「我還以爲你是因爲我曾經是林鈞的情婦，所以才看不起我呢。你既然打聽過我的情況，就知道我跟林鈞的關係，這是我想隱瞞也隱瞞不了的。」

傅華不禁說道：「老闆娘你倒是很坦誠。」

方晶看了傅華一眼，說：「你又叫我老闆娘了，難道你真的認爲我不夠格做你的朋友嗎？」

傅華趕忙搖搖頭說：「不是，我是叫習慣了，再說，直接稱呼你的名字，我覺得有些唐突。」

方晶反駁說：「那你稱呼湯曼是什麼啊？」

傅華笑了，解釋說：「湯曼跟你不同，她在我眼中基本上算是個孩子。」

方晶抓住了傅華的語病，笑笑說：「那我呢？我在你眼中算是什麼呢？」

傅華有點尷尬的說：「這個問題我還真沒想過。」

方晶笑笑說：「不會是漂亮的賤女人吧？」

傅華搖頭否認，說：「我從來都不覺得你下賤。」

方晶反問：「給一個幾乎可以做我父親的男人做情婦，你不覺得我賤嗎？」

傅華有點不知所措了，方晶這個問題很不好回答，說不賤吧，方晶一定會覺得他虛僞；說賤吧，這話又有點傷人，於是他便回避了問題，說：「你說話很直接啊。」

方晶苦笑說：「你不直接回答我，就是表示你覺得我很賤了。好吧，賤就賤吧，反正這是我自己的選擇，我並不後悔。」

傅華回說：「我並不覺得你賤，每個人都有選擇自己生活方式的權利，你選擇了這樣，一定有你選擇這樣的理由。不過，這不代表我個人就接受你這種選擇，實話說，我對你這種插足別人婚姻的做法是很反感的。」

方晶無奈地說：「我又何嘗想這樣呢，我也覺得很有罪惡感，但是身不由己啊。傅華，你相不相信，當你看到某個人的時候，馬上就有那種怦然心動的感覺，立刻就知道他是你這輩子要等的人？他身上的一切都是那麼地吸引你，你會覺得爲了他，做什麼都可以。」

傅華說：「你是說一見鍾情？」

方晶點了點頭，說：「是，傅華，我從來沒跟任何人說過我對林鈞的感覺，很多人都認爲我是看中了林鈞的權勢才投懷送抱的，更認爲是我害林鈞不惜以身犯險，索取巨額賄賂的，但根本就不是這個樣子，你相信嗎，我是真心喜歡林鈞的？」

方晶說到這裏，抬頭盯著傅華的眼睛。

傅華說：「我雖然沒有一見鍾情過，但是我相信你說的這種爲了愛可以不惜一切的感覺是真實存在的。我曾經有一位朋友，爲了支持男朋友留學，不惜出賣自己，賺錢供他念書，然而可悲的是，她的男朋友卻因此嫌棄她，跟她提出了分手。」

方晶感嘆說：「是啊，女人爲了心愛的男人是會這麼傻的。我跟你說，我第一次看到林鈞，是在江北大學……」

方晶娓娓道出了她跟林鈞相識的經過以及兩人的故事。講到最後，她的心中再次浮起對林鈞的思念之情，她嘆了口氣說：

「有時候我真的覺得是自己害了林鈞，沒有我，林鈞一定不會那麼做的。也許他覺得這麼年輕的一個女人跟他，就是爲了他的權勢，所以才會利用他的權勢謀取財富，從而想滿足他心中認爲的我對他的期望；其實我真的沒想過這些，相比財富權勢，我倒寧願他能活著陪伴在我身邊。」

傅華勸慰說：「你不用這麼自責，林鈞這麼做也許是因爲你的因素，但是所有的決定都是他自己做出來的，他很明白這麼做的風險，所以就更應該爲自己的行爲負責了。」

方晶惋惜地說：「這倒也是，我那時候還是個剛畢業的學生，什麼都不懂，林鈞做什麼，我都覺得他是爲我好，都是對的；如果換成現在，我一定會阻止他的，可惜等我明白這些的時候，一切都無法挽回了。」

傅華笑了笑說：「人一生中必定有很多事是做了就無法挽回的，也許這就是人生吧。」

方晶點點頭說：「我也是這幾年才慢慢明白，這世界就是這麼殘酷，大多數人都生活在水深火熱之中，生活充滿了失敗和失落，而所謂的天時地利人和，少的可憐，而且轉瞬即逝。」

傅華聽了，說：「美好也許是短暫的，但是我們不能就因此意志消沉，生活還是要繼續的。」

方晶笑說：「是啊，生活還是要繼續的。哎，我今天不知道怎麼了，囉裏囉嗦的跟你說了一大堆我的事，沒煩到你吧？」

傅華笑笑說：「沒有，聊天嘛，反正我下午也沒什麼工作要做。」

方晶說：「那我要謝謝你的耐心了。對了，還沒問你呢，你說的那個朋友，後來怎麼啦？」

傅華苦笑說：「她的結局很淒慘，她灌醉了男朋友，拖著他一同臥軌自殺了。」

方晶不禁說：「你這個朋友夠種，如果我遇到這樣的事，大概也會跟她一樣，得不到就毀掉他。」

傅華瞅了方晶一眼，說：「我那個朋友臥軌前給我留了一封信，信上說，女人心狠起來是很可怕的，尤其是漂亮的女人。今天看你這個樣子，她說的果然沒錯啊。」

方晶笑了起來：「這一點她說的不假，女人一狠起來，絕對是比男人還可怕的。好啦，今天我也打攪你夠久了，該回去了。有時間去鼎福玩吧。」

傅華搖搖頭說：「鼎福那個地方我還是不去了吧，你也清楚，那裡並不是我應該出入的。」

方晶說：「你這是還在介意當初我對你的態度吧？好了，我跟你道歉還不行嗎？」

傅華笑笑說：「我不是那個意思，所謂物以類聚，人以群分，鼎福俱樂部都是高官巨賈出入的地方，湯言在那裏如魚得水，是因爲他在那裏可以找到同類，而我，就是勉強擠進裏面去，也找不到可以玩到一起的人，反而會成爲湯言那些人的笑柄。」

方晶忍不住看了看傅華，說：「傅華，我現在才明白你爲什麼能讓鄭董的女兒和湯曼都那麼喜歡你，你這個人最好的一點，就是你始終知道自己的位置在哪裡，又甘於這個位置，不去強求什麼，跟你在一起一定會很輕鬆的。別看那個湯言好像賺了點錢，但這方面，他差你實在太遠了，所以才會輸給你的。」

傅華被說的有些不好意思了，忙說：「好了，這話我就當你是在讚美我了，不過，這話你在我面前說說就行了，千萬別在湯言面前也這麼說，不然你可是會損失一個優質的客戶的。」

方晶笑說：「我還沒那麼傻。好了，我走啦。」

傅華就送方晶離開，等方晶開車走了，他才回到辦公室。

跟方晶的這場聊天，對傅華來說並不是一無所獲，起碼他知道了方晶這個人其實並不壞，更說不上貪婪，這樣他對方晶加入海川重機的重組，就沒有太多的擔憂。

此外，方晶對他的印象似乎很有改觀，傅華也是十分樂於跟方晶搞好關係的，他已經看出湯言亮出方晶這張牌，是想利用方晶來對付他，但是今天這一番聊下來，湯言的圖謀看來又無法實現了。

估計湯言如果知道這個結果，一定又會大說什麼他的女人緣好了。

海川，湘妃竹茶樓。孟森和束濤正在雅座裏喝茶。

孟森喝了口茶，然後說：「束董啊，你說那個女人真的會來嗎？」

束濤笑說：「你放心好了，估計她對今天的會面，心情比我們還要急切的。」

孟森說：「那約定的時間都過了，她怎麼還不露面啊？」

東濤說：「女人天生就是會遲到的，再說，人家是市委書記的夫人，如果準時到了，豈不是顯得很沒有分量了嗎？」

孟森哼了聲說：「原來是擺架子給我們看啊！這娘們，跩個屁啊。」

東濤再三叮囑說：「人家是有跩的本錢，孟董，我可警告你啊，一會兒她來了，你要對她尊重些，我跟她約了幾次她才肯出來的，別惹惱了她，那我們今天就白安排這一場會面了。」

孟森答應說：「好啦，東董，你就別囉嗦了，我跟這些人打交道又不是一天兩天了，我知道他們都是既想當婊子又要豎牌坊的，我會做面子給她的。」

孟森雖然說得粗俗，卻很貼切，東濤笑笑說：「你知道就好。誒，你那邊褚音死亡的事情平息下來了嗎？」

孟森得意地說：「當然平息下來了，那個臭娘們以為攔省長的車就能扳倒我，做夢吧，省長又怎麼樣呢，查了半天，還不是什麼都查不到嗎？還不是拿我沒辦法?!」

東濤問：「那那個女人呢？現在什麼情況了？」

孟森說：「這次我學乖了，派人盯著她呢，那臭娘們從海川公安局離開後，回家就病倒了，現在正在家養病呢，我真希望這女人一病不起，就省得再給我找麻煩了。」

這時，束濤的手機響了，他看了看號碼，說：「莫克老婆的電話，估計她到了。」

束濤接通電話，便聽到朱欣在電話裏說：「束董啊，我到『湘妃竹』了，你在哪個房間啊？」

束濤說：「你到啦？那我出來接你。」

束濤和孟森從雅座走了出來，就看到一個四十多歲的婦女站在「湘妃竹」門口，正在四處張望呢。

孟森低聲對束濤說：「這就是莫克的老婆啊，怎麼這麼不起眼啊？」

束濤低聲罵道：「你管她起不起眼幹什麼，又不是給你找老婆！她看到我們了，我們趕緊過去吧。」

兩人就笑著迎了過去，跟朱欣握了手，然後把朱欣請進了雅座。

坐定之後，朱欣先抱歉的說：「不好意思啊，束董、孟董，這個時間計程車不好搭，所以來晚了。」

束濤笑了笑說：「沒有，我們也是剛到一會兒。誒，朱科長啊，你沒買車啊？」

束濤稱呼朱欣爲朱科長，是按照朱欣在局裏的職務來稱呼的。

朱欣苦笑了一下，說：「我和老莫的工資就那麼多，哪裡買得起汽車啊？」

孟森看了看朱欣的打扮，相比起市委書記夫人這個身分，朱欣的打扮可以用寒酸來形容，渾身上下看不到一件名牌，想來莫克在做市委書記之前，並沒有撈到什麼錢。

孟森便一旁聽了，便說：「說起車來，朱科長，我公司倒有一輛桑塔納車閒置在那裏，您如果不嫌棄的話，改天我拿給你先開著？」

朱欣搖搖頭說：「千萬別，我家老莫要是知道了，還不罵死我啊？」

東濤笑說：「原來莫書記對家裏人要求這麼嚴呢。」

朱欣嘆了口氣說：「唉，你們不知道，我們家那口子，做什麼都有一套理論，成天都被他煩死了。」

東濤說：「這些我們都看到了，莫書記來海川之後，做的事情讓我們這些市民們一看就知道是個清廉的好官。」

朱欣笑了笑說：「他那都是瞎胡鬧，現在的人誰還聽他那一套啊，他那一套也只能說說而已，我都覺得沒什麼用的。」

朱欣這話說得就很有意味了，好像是妻子在嫌棄丈夫做得不好，實際上，卻是在暗示東濤和孟森別拿莫克在公開場合玩的那一套當回事，那不過只是說說而已，當不得真的。

朱欣說到這裏，便看看東濤，問道：「誒，東董啊，你約我來喝茶，有什麼事情嗎？」

東濤自然是聽懂了朱欣話中的暗示，他覺得既然朱欣已經點到這裏了，就乾脆開門見山好了，便說：「是這樣的，朱科長，我和孟董有件事情想麻煩您向莫書記問一下。」

朱欣笑了笑說：「什麼事啊？」

束董說：「不知道朱科長知不知道，海川前段時間有一個舊城改造項目做過投標？」

朱欣說：「我知道啊，這件事鬧得很轟動，我在省裏也聽說過，最後不是流標了嗎？對了，束董的城邑集團好像也是競標公司之一啊。」

看來朱欣對舊城改造項目的事很清楚，那她可能早就明白自己約她是幹什麼的了。束濤心說：你知道更好辦，就省得我跟你費什麼口舌了，便說：

「競標雖然是用城邑集團的名義，實際上是我和孟董兩家公司聯合競標的。朱科長可能不知道，我們對這個項目是做了精心的準備，耗費了大量的人力物力，現在項目流標，我們的損失很大。」

朱欣說：「那束董想找我們家老莫的意思是？」

束濤笑了笑說：「是這樣的，這個項目有個項目領導小組，原來是由前市委書記張琳擔任組長，現在莫書記來了，理所當然，這個小組的組長就應該是莫書記了。朱科長，我們費了半天勁，就是想要爭取這個這個項目，可是市裏面一直沒有再重新啓動招標，我們只能乾著急，沒有一點辦法，所以想拜託您跟莫書記說，能不能儘快重新啓動招標，也好讓我們有機會參與。」

朱欣有些遲疑地說：「這個嘛，我不知道我們家老莫是怎麼個打算的，我還真是不好答覆你們啊。」

孟森說：「朱科長，您就幫我們問一問吧，我們不會忘記您的好處的。」

東濤也說：「是啊，朱科長，如果能夠重啓這個項目的招標，後續很多事我們還需要麻煩你的，你放心，我們不會讓你白忙的，一定會給你一個很好的回報。」

朱欣聽兩人談到回報問題，便故作清高說：「問是可以幫你們問一下，不過，我可不是爲了你們的回報啊，我是覺得東董和孟董都很夠意思，是可以做朋友的人，我是想幫朋友一下忙。」

孟森立即稱讚說：「想不到朱科長還是這麼一個仗義的人，我孟森最喜歡跟仗義的人做朋友，也一定不會讓幫了忙的朋友吃虧的。」

東濤趕緊附和說：「是啊，朋友對我們夠意思，我們也不能虧待了朋友。其實朱科長可能不知道，這裏面是有行規的，通常我們會拿出工程標底總額的百分之五，作爲中間人的報酬。」

朱欣不禁呆了一下，舊城改造項目是個很大的工程，動輒幾十億的規模，百分之五將會是一個巨額的數字，要是被她拿到了，那她這輩子就吃穿不愁了。

這個誘惑實在是太大了，大到朱欣都有點無法相信的程度。

朱欣掩飾的笑了笑說：「都說了是幫朋友的忙，東董就不要再談什麼報酬了。」

晚上，莫克在外面應酬到很晚才回到家裏，看到朱欣還在客廳看電視，就說：「你還沒睡啊？」

朱欣笑笑說：「我在等你呢，你過來，我有事要問你。」

莫克瞅了朱欣一眼，說：「我很累了，想早點休息，有事明天再談行嗎？」

朱欣說：「不行，你過來，我這件事情很重要，不會耽擱你很長時間的。」

莫克只好走到客廳坐了下來，問道：「什麼事情啊？」

朱欣說：「老莫啊，我想問你一下，你有沒有辦法重新啓動那個舊城改造項目的招標啊？」

莫克臉沉了下來，說：「我就知道沒什麼好事，束濤他們又找你了？」

朱欣耐著性子說：「別把臉拉那麼長嘛，老莫啊，我今天才知道這裏面的好處大著呢，難怪那些領導們一上臺就愛搞工程，原來這裏面有這麼多油水啊。這要搞成一個項目，一輩子都夠花了。」

莫克瞪了一眼朱欣，說：「你別聽束濤糊弄你，我不是告訴過你，束濤這個人很危險嗎？」

朱欣沒好氣的說：「人家糊弄我什麼了，人家不過是把這裏面的一些做法告訴了我而已，你知道嗎，如果能幫他們拿下這個項目，他們會給我百分之五的提成，百分之五啊，這是多麼大的一筆錢啊！」

莫克看到朱欣一臉貪婪的樣子，心中一陣厭惡，冷笑一聲說：「錢再多你也得有命去花，你看多少人爲這些不該得的錢身敗名裂的?!」

朱欣不高興了，說：「莫克，我看你就是不想讓我好過是吧？我出去跟人家喝個茶，連個車都沒有，你說寒酸不寒酸啊？你不覺得丟人，我還覺得丟人呢。」

莫克回說：「你搭計程車去啊。」

朱欣抱怨說：「我是搭了計程車去了，可是看到人家開的豪華轎車，我卻連部車都沒有，這跟人家差著多少身分啊？」

莫克教訓說：「你去跟人家攀比什麼啊，你過的日子已經比很多人好了，就是虛榮，真是的！」

朱欣火大了，叫說：「對，我就是虛榮，怎麼了，女人哪個不是虛榮的？莫克，我懂了，你就是不想讓我跟著你享點福是吧？」

莫克不禁說道：「你這個女人怎麼回事啊？你現在這樣不是挺好的嗎？還想享什麼福啊？真是莫名其妙。」

朱欣回嘴說：「你才莫名其妙呢，我現在這樣子就算是享福啦？你的標準也太低了吧？莫克，你別拿這一套來糊弄我了，你也不是不知道我想要的是什麼。」

莫克說：「我知道你想要什麼，但是對不起，我無法達到你的要求，也不想幫你達到，所以你還是省省吧。」

朱欣冷笑說：「你讓我省省？省給誰啊，省給你那個小妖精嗎？」

莫克心虛了一下，躲開了朱欣的眼神，說：「什麼跟什麼啊，我什麼時候有小妖精了？真是胡攪蠻纏。」

朱欣笑說：「我胡攪蠻纏？莫克，你有種，就看著我的眼睛說這句話。」

莫克卻說：「我看著你幹嘛，你很好看嗎？真是莫名其妙。」

「你連看都不敢看我，還說心裏沒鬼？莫克，今天如果不是我，換做是那個小妖精跟你要求這件事，你是不是就不會說這些虛榮啊、省省吧的廢話了？」朱欣忍不住質問道。

莫克煩躁地說：「我不知道你在說什麼東西，根本就沒什麼小妖精，都是你多疑，才會覺得有這個人的。」

朱欣笑了，說：「莫克啊，你說起謊話來，還真是臉不紅心不跳的，厲害啊。」

莫克反駁說：「根本就沒這件事，我說什麼謊話了？」

朱欣看著莫克，逼問說：「是嗎，莫克，你敢對天發誓真的沒有這件事？」

莫克死不承認說：「沒有就是沒有，我發什麼誓啊？莫名其妙。」

朱欣笑笑說：「莫克，你還真是死鴨子嘴硬啊，既然這樣，我索性跟你攤開了說，你別以爲我不知道方晶的事，你們最近又恢復了聯繫，是吧？」

莫克愣住了，說：「你，你竟然偷看我的手機？你怎麼敢……」

朱欣冷哼說：「我爲什麼不敢啊？我自己的丈夫做上市委書記之後，想的不是如何跟我分享，而是先撥電話給北京那個小妖精通報，這樣子的話，我還有什麼不敢的？難道說要我等著你們合起夥來，把我趕出家門嗎？」

莫克否認道：「我根本就沒這麼想過，朱欣，你太過分了，竟然偷查我的通聯紀錄。」

朱欣卻無理取鬧地說：「莫克，我過分？我看你才過分呢，你以爲我不知道你在想什麼嗎？你在江北省的時候，就想著方晶這個小妖精，看人家的眼神都是怪怪的，那個樣子，就像是想把她吞進肚子裏去一樣。不過那時候，人家有省長大人愛護著，輪不到你，你也只能乾看著沒辦法。現在你看林省長不在了，那個女人身邊沒男人啦，你又當上了市委書記，就趕忙通知她，想說你現在有權力了，也可以照顧她了，想要她對你投懷送抱，是吧？」

莫克聽了，氣得滿臉通紅地說：「你胡說八道，我沒你想的那麼齷齪。」

朱欣說：「有沒有這麼齷齪你心裏清楚，莫克，我告訴你，你在外面勾三搭四，這些我都可以不管，只要我能得到我想要的東西。我跟你已經窮了半輩子，不想再窮下去了，所以你最好老老實實的幫我把東濤這件事給安排好，我賺到了錢，大家都好過；否則，別怪我對你不客氣。」

莫克卻不怕朱欣的威脅，說：「朱欣，我告訴你，東濤這件事我不會幫你的，你想不客氣就隨便吧。我真不知道不客氣你又能幹嘛？你想跟別人說我暗戀方晶嗎？你說吧，暗戀別的女人又不是什麼大的罪過，反倒是你這個女人，爲了一己的貪欲，竟然把丈夫的私事拿出去宣揚，一定會被大家看不起的。」

朱欣愣了一下，說：「嘿，莫克，有種啊你，現在膽子大起來啦，竟然跟我叫起板來了。你行啊。」

莫克面色嚴峻地說：「朱欣，別以爲我會被你吃得死死的，你也別太過分了，我告訴你，兔子急了還咬人的。東濤的事，你就別想了，那麼大一筆錢會害死我們的，我絕對不會插手幫你辦這件事的。我累了，去睡了。」

莫克說完，站起身來，就想去臥室睡覺。

朱欣卻在他背後冷笑了一聲，說：「莫克，你給我站住！你別以爲我那麼好對付，你以爲我只知道你暗戀方晶的事嗎？要不要我告訴你，究竟是誰出賣了林鈞的啊？」

莫克呆住了，回過頭來，像看到一條蛇一樣，恐懼地看著朱欣，說：「你，你是怎麼知道這件事的？」

朱欣冷笑了一聲，說：「我是怎麼知道的？你告訴我的啊。」

莫克喝斥說：「胡說，這件事情我對任何人都沒說過的。」

朱欣笑說：「你清醒的時候，是對什麼人都沒說過，但是你做夢的時候呢？你出賣了一手賞識提拔你的林省長，心裏很愧疚吧？尤其是在林省長被處決的那天晚上，你還記得你做了什麼樣的噩夢嗎？那一晚你在我身邊，一會兒叫著：『誰叫你帶走我心愛的女人，死了也是活該。』一會兒又說：『對不起啊林省長，我沒想到你會被判得這麼重的。』我想那晚你心裏一定很糾結，一邊覺得自己沒有做錯，一邊又覺得是自己害死了林省長。我說的沒錯吧，莫克？」

莫克忍不住說：「你這個女人的心計也太可怕了吧？你知道這件事情這麼久，竟然直到今天才說出來。」

朱欣反駁說：「我看你的心機才可怕吧，為了一個女人，你竟然能出賣那麼賞識你的林省長，你真是鬼迷了心竅了。」

莫克見瞞不住了，乾脆承認說：「是，是我出賣了他，他佔有方晶也就罷了，還想把她從我身邊徹底帶走，他可知道，是我不惜冒著極大的風險，安排把方晶調進省政府的？他為方晶做了什麼啊？就會靠省長的威權占有方晶，然後把方晶像金絲雀一樣養著。我恨他把方晶從我身邊帶走，所以我才偷著把港商行賄林鈞的事捅給了常務副省長冷爲，才讓冷爲有機會扳倒林鈞的。」

朱欣不禁嘆道：「莫克，你心理是不是有點變態啊？林省長跟方晶是你情我願，關你什麼事啊，你竟然爲了這個就害了林省長?!」

莫克執拗地說：「我沒變態，我這輩子就喜歡這麼一個女人而已，林鈞還要把她從我的生活中奪走，我當然受不了啦。你別來說我，我看你心理才變態呢，爲了追求一點點享受，竟然想用這些事來脅迫自己的丈夫，你不是心理變態是什麼啊？」

朱欣理直氣壯地說：「那是我應該得到的！莫克，你不愛我，沒辦法給我一個幸福的婚姻也就罷了，起碼你也要讓我滿足一下虛榮心吧？要不然，我這輩子豈不是過得太慘了？」

莫克卻搖搖頭說：「我真的無法滿足你這方面的要求，朱欣，你想拿林鈞這件事怎麼辦就怎麼辦吧，反正我是絕不會幫你安排讓束濤拿到舊城改造項目的。我實在太累了，先去睡了。」

莫克站起來，這次他沒去臥室，而是去了書房。朱欣跟他徹底攤牌之後，他實在沒辦法再跟這個女人同床共枕了。

「你！」

朱欣看丈夫根本就不拿她的威脅當回事，也有點傻眼，雖然她在莫克面前說了不少的狠話，但是真要把這些狠話付諸實施，還真是要再思量一下。

朱欣心裏很清楚，雖然她並沒有因爲市委書記夫人的這個身分得到太多的實質好處，但是如果沒有了這個身分，她的境況只會比現在差，而不會更好。如果她真的把莫克的私事抖露出去的話，不但莫克會丟盡了臉，她這個市委書記夫人臉上也會無光的，更別提莫克一定會跟她徹底翻臉，很可能還會趁機跟她提出離婚。

到時候，她就只是一個離了婚的半老徐娘，別說享受什麼榮華富貴了，估計下半輩子都會過得很淒慘的。

這個後果可不是朱欣能夠承擔的，她這時才發現原本她以爲可以作爲殺手鐧的東西，根本就拿不出手，也就更談不上威脅到莫克了。莫克現在拿出一副死豬不怕開水燙的架勢來，反倒逼得她不敢出手了。

朱欣在心中狠狠地罵了很多遍莫克是流氓無賴，卻不得不承認自己的失敗，她現在只能把莫克的不滿隱忍下來，畢竟她沒有什麼本錢可以跟莫克一拍兩散，束濤和孟森的事只好暫且先放下來。眼睜睜看著一筆大錢沒辦法拿到，朱欣也只能在心裏徒嘆奈何。

這個美夢還沒開始做就已經破滅，讓朱欣心痛不已，一晚上都沒能睡好覺。

在書房的莫克，這一晚也沒睡著，雖然他在朱欣面前表現得一副無所謂的樣子，但內心中，他是很惶恐的。

朱欣的話把他又帶回了在江北省的歲月，朱欣講的一點都沒錯，林鈞當時確實是很賞識他，很多事都不避諱他。他知道林鈞和港商間的不正當交易，也就是在一次偶然的情形下，聽到了林鈞和港商間的通話。

雖然林鈞沒有講得很明白，但是莫克卻大致猜到了林鈞跟港商談話的內容。

林鈞的爲人做事風格，向來磊落大氣，對信任的人並沒有太多的防備，根本就沒想到他一手提拔起來的莫克，會在最後關鍵的時候插了他一刀。

莫克偷著給冷爲寫了一封匿名信，把林鈞和港商間的交易透露給冷爲，冷爲也就以此爲契機，扳倒了林鈞。

寫完那封匿名信後，莫克實際上是很後悔的，他後悔自己不該那麼衝動就出賣林鈞，但是開弓沒有回頭箭了，除非他主動向林鈞坦白是自己出賣了他，否則無法制止事情向不利於林鈞的方向發展；但是要莫克承認自己是叛徒，那比殺了他還難。

林鈞被判死刑的那段時間，莫克心裏確實是很煎熬，雖然他不記得朱欣所說的那個噩夢，但是那段日子他確實是噩夢不斷，因而在夢中說過那些話，一點都不令人意外。

隨著時間的流逝，莫克心中的愧疚也逐漸淡化，要不是朱欣提起，他甚至不會想起自己曾經有過那段糾結的往事。

一直以來，莫克都是以一個好人的姿態出現在眾人的視線當中，即使他爲冷爲提供了

扳倒林鈞的重要武器，他也沒有去找冷爲討功，

因爲如果自已真的去找冷爲，承認那封匿名信是他寫的，那他在大眾的目光中，馬上就會變成一個令人不齒的叛徒，他的好人形象馬上就會分崩離析的，那他還有何顏面立足於海川政壇上啊？

如果他向朱欣妥協的話，必然會被朱欣脅迫做一些風險極高的事情，雖然他可以暫時避免破壞自己的好人形象，卻會把自己置身於更加險惡的境地。

而且莫克知道，朱欣這個女人的貪心是很難滿足的，這一次幫了她，下一次她很快就會提出新的要求來，這是一個塡不滿的欲壑，他必將在朱欣索求無度之下徹底淪陷的。

好人形象被破壞，只不過會被世人認爲是僞君子而已；而置身於險地，不但得搭上自己的仕途，甚至可能要爲此身敗名裂、身陷囹圄的。

莫克自然不願意受朱欣的脅迫，所以才會跟朱欣說那種硬話，徹底斷了朱欣的念想。

另一方面，莫克也是在跟朱欣賭這一局，他賭朱欣不敢眞的把事情公諸於世，因爲他認爲這個虛榮的女人比他更要面子，如果真的公開一切，她也會跟著很沒面子的。

第六章

失控場面

莫克進入酒店以後，驚魂未定，孫守義看了一眼莫克，
莫克臉上被人抓傷了，顯得十分的狼狽。湯言頭髮被人抓亂了，
帥氣的臉上不再是那種倨傲的神情，孫守義臉上也是一陣火辣辣的，剛才他也被人打了幾下。

早上，一夜沒睡好的莫克起床去洗手間洗漱，從鏡子裏看到自己兩個眼圈發黑，心裏暗罵朱欣這個臭娘們害人。

洗罷臉後，莫克從洗手間出來，這時朱欣在餐廳那邊喊道：「飯做好了，老莫，來吃飯吧。」

朱欣主動喊他吃飯，讓莫克暗自鬆了口氣，他很瞭解朱欣這個人，如果朱欣一定要跟他鬧翻，根本就不會跟他說話的。看來對這個女人還是應該嚴厲一點，這樣她才會知難而退。

莫克便繃著臉過去餐廳，吃起早餐了。

朱欣難得讓步的說道：「老莫，昨晚我想了一晚上，也覺得跟你提束濤那件事有點不合適，算了，既然你不想插手，那我就回絕他們好了。」

莫克看了朱欣一眼，朱欣既然退讓了，他也不想非要跟她搞得很彆扭，畢竟他還是有把柄在她手上，便說道：

「你知道不對就好，這件事情風險確實太大了，很多人都盯著這個項目，那筆錢雖然很誘人，卻並不好賺。以後不要再跟束濤那種商人打交道了，這些傢伙爲了賺錢無孔不入，你小心別被他們算計了。」

朱欣點點頭說：「我知道了，我會儘量避免跟束濤打交道的。」

上班之後，朱欣就打電話給束濤，既然莫克不願意，她需要趕緊回覆束濤，免得讓束濤心存念想就不好了。

束濤立即接了電話，高興地說：「朱科長這麼早打電話給我，一定是有好消息告訴我了？」

朱欣說：「不好意思，束董，你想錯了，我並沒有什麼好消息給你。是這樣的，那件事我昨晚問過我們家老莫了，老莫說市裏面暫時還沒有重啓舊城改造項目的計畫。」

束濤愣住了，按照昨天朱欣的態度，他覺得莫克一定會重啓舊城改造項目的，誰想到朱欣今天竟然變了樣，給了他這麼一個答案。

束濤乾笑了一下，說：「朱科長啊，你難道沒跟莫書記說我的提議嗎？」

朱欣笑了笑說：「束董啊，你可能誤會我的意思了，我昨天是跟你說，作爲朋友，我會幫你問一下我們家老莫對這個項目的態度，可沒說要幫你做什麼仲介人的。行了，事情我已經幫你問了，答案也告訴你了，就這樣吧。」

束濤還待說話：「可是朱科……」

朱欣卻不讓束濤可是下去，她怕自己好不容易才下了拒絕的心會再次動搖，便匆匆說道：「好了，束董，我還有事，再見了。」就掛斷了電話。

電話傳出嘟嘟的忙音，朱欣已經掛斷了，束濤在這邊一陣茫然。

朱欣的表現完全出乎束濤的意料之外，難道莫克這一家人真的像莫克公開表現出來的那樣，那麼清廉嗎？不會的，束濤腦海裏還浮現著昨天朱欣聽到工程款百分之五時，眼神中露出的那種欣喜，這種女人絕對是很貪婪的，她不會不對自己提出的條件心動。

難道是莫克不肯這麼做？難道莫克真是個守原則的清廉幹部？

應該不是這樣的啊，束濤注意觀察過莫克幾次公開的講話，從他的神情上，束濤可以看得出來，他絕非那種性格堅毅、守得住原則的人。

再說，如果莫克真的是守原則的清廉幹部，朱欣也不會在自己面前表現的那麼貪婪。昨天朱欣一定是覺得可以做到才答應自己的，這說明起碼在朱欣眼中，莫克並不是一個清廉的人。一定是什麼地方讓莫克覺得不合適，所以才會讓朱欣拒絕自己。

這個莫克看來並不是那麼好對付，束濤覺得他把問題想得太簡單了。看來要想打通這一層關係，還需要費些周折。是不是讓孟副省長出面跟莫克做做工作？既然無法通過朱欣跟莫克搭上關係，也許透過孟副省長能打通這條管道。

束濤就打電話給孟森，說：「孟董啊，我剛接到了朱欣的電話，她說莫克不願意幫我們這個忙。」

孟森也很意外，說：「不會吧，看朱欣昨天那個樣子，我還以爲十拿九穩了呢。」

束濤說：「是啊，她的回答讓我也很意外，看來莫克似乎對我們不太理睬啊。孟董，你看能不能找孟副省長出面，幫我們跟莫克溝通一下啊？」

孟森想了想說：「找孟副省長啊，這不太好吧，他最近的心情不太好，我不知道他願不願意幫我們這個忙啊？」

束濤說：「你問一下嘛，你最近幫他擺平了不少事，他是不是也該回報一下了？」

孟森聽了，笑說：「也是，那我問問他吧。」

孟森就打電話給孟副省長，跟孟副省長說了想要他幫忙跟莫克打招呼的事。

孟副省長聽完，沉吟了一會兒，說：

「小孟啊，按說你都開口了，我是應該幫你這個忙的，但是我現在確實不太好出面幫你處理。這次褚音母親攔鄧子峰的車喊冤，事情在省裏鬧得沸沸揚揚，雖然那個女人沒有點名那個大官就是我，但是很多人都知道你和我的關係，在他們心中肯定認為那個人就是我了。你說我在這個時候出面幫你跟莫克拉關係，是不是很不合適啊？此刻，就算是為了避嫌，我們也應該保持一定的距離比較好。再說，莫克是省委書記呂紀用起來的人，身後有呂紀給他撐腰呢，也不一定會給我這個副省長面子的，是不是我們就不要討這種沒趣了？」

孟森知道孟副省長現在的境況確實很尷尬，他不肯出面也在情理之中，便笑了笑說：

「我知道您的意思了，行，既然你難為，那就當我沒說吧。」

孟副省長說：「等過了這段時間吧，到時我再想辦法跟莫克談談。你們也別太心急，這種事情可不是心急就能辦得成的。」

孟森說：「我知道，那就等等吧。」

孟副省長又說：「那個女人有沒有什麼新的情況啊？」

孟森說：「沒什麼新的情況，這些日子她一直在家裏養病，沒什麼動靜。」

孟副省長不放心地說：「真的嗎？你可別大意了。」

孟森保證說：「我一直安排人盯著他們家呢，有什麼動靜我馬上就會知道的，你就放心吧。」

孟副省長嘆說：「我現在怎麼能放得下心來啊？這件事現在被鄧子峰知道了，雖然他沒做什麼動作，但是如果被他掌握了有力的證據的話，很難說他不會對我下手。所以小孟，你千萬不能掉以輕心，尤其是那個女人拿出來的那封信，你還沒找到寫那封信的人嗎？」

孟森說：「還沒有，自從出了那件事後，我把原來那批小姐都給遣散了，這些人現在四處流散在各大城市，換了地方就換個名字，一下子讓我去哪裡找她們啊？」

孟副省長說：「那起碼你知道是哪個小姐吧？」

孟森納悶地說：「我還真是不知道呢，我問了下面的人，下面人說有好幾個跟褚音關係不錯的，但也沒辦法確定。我也不太敢大張旗鼓的去查，我擔心公安局會派人盯梢，讓他們跟著我的腳後跟先找到了那個小姐。」

孟副省長聽了，說：「這倒也是，你要小心別被公安鑽了空子。唉，真是煩人啊。」

孟森勸慰說：「您也別太擔心了，我都找不到了，我想公安就更別想找到了。」

孟副省長心煩地說：「但是沒把這個人找出來，我心裏總是安定不下來。好了，不說了，你那邊如果有什麼消息，趕緊跟我說。掛了啊。」

孟副省長掛了電話，呆坐在辦公桌前，他有一種感覺，自從鄧子峰來東海做省長後，他的日子就變得越來越難熬了。

鄧子峰調研回來有幾天了，這期間，鄧子峰召開了一次常務會議，在會議上，泛泛的講了一下他這次調研看到的情形，對有人攔車告狀那件事隻字未提。

雖然這件事本來就跟省政府的工作沒什麼太大的關係，鄧子峰在常務會議上沒提起也很正常，但是這件事是孟副省長心頭的一根刺，他懷疑鄧子峰是在背後憋著勁想辦法找證據好整他。

孟副省長不相信鄧子峰在來東海省之前，會不摸清楚東海省各方面的社會關係，一定會有人告訴他自己和孟森的關係的。因此鄧子峰現在閉口不談這件事，在孟副省長眼中就有點陰謀的意味了，這讓他很是坐臥不寧。

孟副省長呆坐著，省政府秘書長曲煒過來了，說鄧省長請他過去。

孟副省長看了看曲煒，曲煒現在在省裏算是一個紅人了。呂紀做省長的時候，曲煒就是省政府的秘書長，跟呂紀關係處得相當不錯，因此曲煒轉任省委秘書長，只是時間的問題而已。

另一方面，鄧子峰並沒有因爲曲煒跟呂紀的這層關係，就對曲煒起了戒心，相反還很信賴曲煒。曲煒現在在省委書記和省長面前都很吃得開，自然是紅透半邊天的人了。

孟副省長問道：「老曲啊，知不知道鄧省長找我幹什麼啊？」

曲煒笑了笑說：「我不是很清楚，不過，我看他在看全省各地的經濟資料，估計是想跟您談經濟方面的工作吧。」

孟副省長心裏鬆了口氣，談經濟就不會涉及到褚音母親攔車喊冤的事了，他笑笑說：「行，我馬上就過去。」

孟副省長去了鄧子峰的辦公室，鄧子峰看到孟副省長來了，招呼說：「孟副省長來了，坐坐，剛好嶺南一個老部下給我寄了好茶來，我們一起嘗一嘗。」

兩人就去沙發那裏坐了下來，鄧子峰茶几上擺了一套很精緻的茶具，鄧子峰在嶺南省工作多年，喝茶的習慣跟南方人一樣，喜歡親自沖泡，他打開了茶葉罐，從裏面拿出一小包封裝好的茶葉，將茶葉倒進茶壺，經過一連串的程序，鄧子峰拿起了茶壺蓋，嗅了一下，滿意地說：「剛下來的大紅袍，就是香啊。」

孟副省長笑笑說：「省長這架勢，看來是喝功夫茶的老手了。」

鄧子峰說：「我在嶺南省工作這麼多年，就好這一口，每天非功夫茶不歡的。」

說話間，鄧子峰就把茶沖好了，一股濃郁的茶香瀰漫在辦公室裏，他遞了一杯給孟副省長，說：「先什麼都別說，品一下。」

孟副省長就拿起茶杯，嗅了一下，然後抿了一口，讚說：「香，果然是好茶。」

鄧子峰笑笑說：「喜歡的話，我分你一罐。」

鄧子峰說著，就去辦公桌裡拿出一罐沒有開封的茶葉，放在孟副省長面前。孟副省長知道鄧子峰這是示好的意思，必須接下來，否則會讓鄧子峰心有芥蒂的。

孟副省長便笑笑說：「那我就謝謝省長割愛了。」

鄧子峰不以爲意地說：「一罐茶葉而已，小意思。」

孟副省長說：「那我就收下了。省長，您找我來，有什麼事情啊？」

鄧子峰笑了笑說：「是這樣的，孟副省長，我剛才看了一下全省的經濟資料，頭有點大，怎麼東桓市、河西市這兩個地級市的經濟情形這麼差啊？連續兩季的收入都呈直線下滑，這樣下去會影響呂紀書記年初訂立的全省經濟目標的。我有點束手無策了，孟副省長，您是老東海，熟悉各地情況，一定清楚問題出在哪裡吧？」

年初的經濟目標是呂紀主導訂下的，如果鄧子峰無法達成，呂紀和鄧子峰的臉上都會無光的。鄧子峰這麼著急也就在情理中了。

孟副省長曾經在河西市做過市長，在東桓市做過市委書記，他就是在東桓市做市委書記任上出任東海省副省長的，因此對這兩個地級市的情況再熟悉不過，這兩個地方的主要官員都是他的嫡系人馬，算是他的根據地。

最新出來的各市經濟資料，孟副省長也看了，東桓市和河西市的經濟下滑的厲害，孟副省長對此也很惱火，現在正是他很難熬的時候，這兩個市的政績又不給他長臉，真是讓孟副省長有屋漏偏逢連夜雨的感覺。

孟副省長苦笑了一下，說：「省長，這兩個市的經濟基礎本來就有點差，比不得海川那些濱海城市，不過他們的成績也確實太差了，我也覺得有點不對勁。」

鄧子峰和顏說道：「是啊，這兩個市再這樣下去是不行的，本來我想下去這兩個市看看，但一想，這兩個地方都是你曾經待過的地方，各方面情形你比較熟，你下去走一趟，幫這兩個市找找原因，肯定會比我下去更有用的。」

孟副省長趕忙笑笑說：「省長，您這是太高看我了，不過，我很願意走這一趟。正像您說的那樣，這兩個市都是我曾經待過的地方，我也不忍心看著它們的經濟下滑得這麼厲害，我這就安排時間下去看看，希望能找出根源，及早予以解決。」

鄧子峰聽了，滿意地說：「那我就等著聽你的好消息了。」

孟副省長說：「希望能不讓省長失望。」

孟副省長就離開了，鄧子峰看著孟副省長離去的背影，心中若有所思。

關於那個攔車喊冤的事件，後續的發展完全在他的預料之中，警方調查後，果然拿不出什麼有力的證據來，更沒有能夠證明那個所謂的省裏大官就是孟副省長的絲毫線索，鄧子峰就知道他淡化處理這件事是對的。雖然他基本上可以確認這件事就是孟副省長做的。

他調研回來後，召開會議時，注意到孟副省長雖然表面上很鎮靜，但是神情卻是高度緊繃的。鄧子峰假作不經意的掃了孟副省長一眼，孟副省長被他眼神掃到的時候，臉上的肌肉竟然不自主的抽搐了一下。如果不是心虛，又怎麼會這個樣子呢？

但是雖然明知如此，鄧子峰也不能拿孟副省長怎麼樣，要想動孟副省長這樣級別的官員，只有臆測是不夠的，必須要有強力的證據才行。鄧子峰只能把這件事放在心裏，等待確鑿的證據出現。

對於東桓市和河西市經濟爲什麼會下滑，其實他已經做了一些調查，問題就是出在這兩個市的主要領導身上。因爲這兩個市的領導都把心思放在玩弄政治上面，根本就不重視經濟，加上本身的能力不及，管理方面一團糟，經濟下滑自然很難避免。

本來鄧子峰是可以自己下去處理的，但是這兩個市的領導都是孟副省長的嫡系人馬，他如果親自出手，一定會被認爲是有意在針對打擊孟副省長的人馬，從而引起孟副省長對他的反感。這樣，鄧子峰前面對孟副省長所做的示好努力就等於是白費了，他和孟副省長馬上就會面臨對立的局面。

這個結果可不是鄧子峰願意看到的，起碼現在不想看到。

但是這個問題也不能不解決，不解決的話，一定會影響全省的經濟指數，那樣鄧子峰不太好跟呂紀交代，於是鄧子峰就把曲煒找了來，詢問曲煒對這件事的看法。

曲煒只笑了笑說：「東桓市和河西市的情形，孟副省長再熟悉不過了，把問題交給他來處理，一定會事半功倍的。」

鄧子峰馬上就領會了曲煒的意思，把問題交給孟副省長來處理，如果解決了，有了好的成效，就是一個皆大歡喜的局面；反過來，問題如果解決不好，那就是孟副省長的責任了，那樣子的話，對呂紀不好交代的是孟副省長，而非鄧子峰。

真是一語驚醒夢中人啊，鄧子峰不禁大讚曲煒，心想難怪呂紀會那麼倚重曲煒，他確實有讓人倚重的本領。

孟副省長沒讓鄧子峰失望，就在鄧子峰跟他談話後的第二天，就去了東桓市，他把市長和市委書記叫來，關起門來狠狠地罵了一通，說如果他們不能把經濟搞上去的話，那他會第一個向省委提出來，把他們撤換掉。

東桓市這兩個主要領導一向視孟副省長爲他們的後臺，現在後臺老闆發火了，甚至說出要撤換他們的話，自然把他們嚇壞了，於是連夜開會研究經濟問題，孟副省長也列席會議，並在會議上做出了指示。

孟副省長又到河西市，把在東桓市的那一套再上演一遍，直到河西市的主要領導都跟孟副省長打了包票，他才回到齊州。

又是孫守義到機場去接湯言和傅華一行人，由於擔心安全問題，這次湯曼沒有隨行。一行人同樣被送到海川大酒店，不過這回海川大酒店門前並沒有出現海川重機工人們的身影，湯言一行人順利地進入了酒店。

安排好湯言之後，傅華跟著孫守義出來。

傅華說：「孫副市長，這次海川重機似乎很安靜啊。」

孫守義說：「他們當然安靜啦，前些日子爲了迎接鄧省長的調研，市裏專門調集資金，發了他們兩個月的工資，他們拿到錢，自然就不會鬧事了。希望這次順利跟湯言把合約簽下來，市裏可以趕緊把這個包袱給甩掉。誒，傅華，湯言這邊沒什麼問題吧？」

傅華笑了笑說：「我想這次應該沒什麼問題了。」

孫守義又說：「對這次湯言的到來，莫克書記很重視，歡迎晚宴他要親自主持，金市長就不出席了。」

傅華不禁說：「莫克書記對湯言還真是熱情啊。」

孫守義不以爲然地說：「他是看上了湯言的背景，其實他不懂，若不是因爲這個項目在海川，以湯言那種倨傲的作風，根本就不會搭理他的。」

傅華笑了笑，沒說什麼，他心裏十分贊同孫守義這個說法，湯言對莫克這種愛巴結的人是不感興趣的，他會對莫克稍假辭色，也就是因爲海川重機的緣故。

晚上七點，孫守義陪同莫克出現在海川大酒店湯言的房間，莫克跟湯言握了手，說：「歡迎湯先生再次來我們海川。」

湯言客套地說：「莫書記真是太客氣了，還要麻煩你給我接風，謝謝了。」

莫克高興地說：「我盡盡地主之誼是應該的嘛，走走，我們下去坐吧。」

一行人就去了下面的餐廳，酒店已經準備了一個大包廂。

坐下來後，湯言便說：「莫書記，來海川之前，我去過鼎福俱樂部，方晶女士特別讓我給你帶聲好啊。」

莫克聽了說：「她真有心，回頭你幫我謝謝她。她現在怎麼樣啊？說實話，我雖然跟她有聯繫，卻有好幾年沒見過她的面了。」

湯言笑了笑說：「我不知道在莫書記眼中，方晶是怎麼樣的，不過在我眼中，現在的她可是氣質出眾，豔麗不可方物。不信你問問傅主任，是吧，傅主任？」

莫克轉頭看向了傅華，說：「傅主任也認識方晶？」

傅華立即回說：「是，我是因爲湯先生認識她的，湯先生是鼎福俱樂部的會員，很多事情都安排在俱樂部處理，因此我才有幸認識方晶小姐。湯先生說的不錯，方小姐確實是相當的美麗出眾。」

莫克是個很嚴厲的領導，所以傅華不得不對他如何認識方晶趕緊作出解釋，否則讓莫克以爲他經常出入豪華會所，還不知道會怎麼想他呢。他必須解釋清楚，不給莫克想像的空間。

莫克不禁笑說：「兩位都這麼稱讚她，看來她越發出色了。來，湯先生，我們別光聊她了，開動吧。」

菜肴陸續的上來，莫克給湯言斟上了酒，說：「來，湯先生，這第一杯酒爲你接風，我敬你。」

「謝謝莫書記了。」湯言笑著跟莫克碰了杯。

兩人一飲而盡，放下酒杯後，莫克說：「湯先生這次來是準備好跟我們簽約了？」

湯言說：「是啊，這件事情也拖了有段時間，是應該有點進展了，只是我希望這次可不要出現像上次那樣被人圍堵的情況了。說實話，我可是帶著誠意而來，想改變海川重機目前的困境，而不是來掠奪海川重機的，我不想再看到海川重機工人們的敵意。」

一旁的孫守義有點尷尬的說：「湯先生，這次市裏已經做了萬全的準備，不會再出現那種情況了。」

湯言淡淡地笑說：「那最好不過了。」

莫克板起了臉，說：「守義同志，回頭你跟金達市長說一聲，要他一定安排好這一次的簽約，不能再出紕漏了。」

孫守義心中對莫克拿出市委書記的架勢命令他很不高興，但是他不好公開的跟莫克對立，便點點頭說：「好的，我會把您的意見向金市長轉達的。」

莫克轉頭對湯言說：「湯先生，我想市政府一定會安排好的，你就放心吧。」

湯言笑笑說：「有莫書記親自安排，我當然放心了。」

酒宴繼續進行著，孫守義又敬了湯言的酒，酒喝開之後，氣氛還不錯，賓主之間你敬我，我敬你，也算融洽。

酒宴結束時，湯言因爲就住在海川大酒店，算是半個主人，因此從酒店出來送莫克和孫守義等人離開。

莫克走到了自己的車邊，回頭跟湯言打招呼說：「湯先生，今晚就這樣吧，早點回去休息吧。」

湯言正想說你也早點回去休息吧，卻被眼前的情形給驚呆了，一群人密密麻麻的不知道從什麼地方冒了出來，一下子把酒店門前給圍了起來。

這群人大約有百來人之多，爲首的人喊道：

「把他們給圍起來，我們這些工人們飯都吃不飽，他們卻花天酒地的，他們喝的是我們的血，吃的是我們的肉，這次一定不能放過他們。」

孫守義心知不妙，這些人可能早就在暗地盯上了他們了，他趕忙喊道：

「大家冷靜一下，這位北京來的湯先生就是爲了給大家解決問題的，大家千萬不要衝動……」

爲首的那個工人說道：「冷靜個屁啊，你一張嘴就是一股熏人的酒味，你們大魚大肉的吃著時，可曾想到我們這些工人連飯都吃不上？」

其他的工人聽了，喊道：「對啊，我們有今天就是被你們這些政客和投機商人給弄出來的，你還有臉讓我們冷靜?!我們冷靜了，是不是你們這些人就可以爲所欲爲了？」

莫克看人群躁動，知道這樣下去很可能場面就要失控，便大聲地說：

「大家安靜下來，聽我說，我是市委書記莫克，大家有什麼問題可以向市委市政府反映，市政府一定會依法處理的，大家說好不好啊？」

人群中，有人不屑地說：「好個屁啊，我們的問題反映了可不止一兩次了，哪一次你們真正給解決了？你這個市委書記小臉喝得紅撲撲的，一看就不是什麼好東西。」

莫克解釋說：「不是的，各位，你們聽我說，這位湯先生就是來解決海川重機的困境的。他今天剛到海川，我作爲市委書記，自然要歡迎人家一下，這是正常的應酬。」

有人反駁道：「別聽他胡說，解決海川重機的困境？狗屁，他都要把我們解決下崗了，我們的生活只會更加困難，根本就不會變好。你這個市委書記倒好，跟他哥倆好一起喝酒，一起來忽悠我們，我們是絕對不會上你的當的，兄弟們，你們說怎麼辦？」

人群齊聲高喊：「揍他丫的。」就圍了上來，七手八腳的開始打人。

傅華看情形不對，趕忙拉了一把孫守義，說：「現在眾怒難犯，好漢不吃眼前虧，趕緊撤進海川大酒店吧。」

孫守義就拉著莫克，說：「莫書記，我們先撤進海川大酒店再說吧。」

這時，酒店值班的經理在裏面也看出情形不對，見海川市的市委書記和常務副市長被包圍了，趕緊讓酒店的保安衝出來救援。

莫克及孫守義等人就在保安的護衛下，退進了海川大酒店。保安則在大廳列隊警戒，不讓海川重機的工人們衝進來。

外面的工人們對酒店似乎有些畏懼，不敢冒然衝進來，只是圍在外面喊著口號。

莫克進入酒店以後，驚魂未定，大聲罵道：「這些人真是太不像話了，趕緊打電話報警，就說我在海川大酒店被一群暴徒圍住了，讓姜非帶武警趕緊來處理。」

孫守義看了一眼莫克，莫克臉上被人抓傷了，血還在流淌，顯得十分的狼狽。湯言雖然沒被打傷，但是頭髮被人抓亂了，幾綹頭髮垂在眼睛上，帥氣的臉上不再是那種倨傲的神情，而是有些慌張。孫守義臉上也是一陣火辣辣的，剛才他在外面也被人打了幾下。

傅華因爲本來就站在最靠酒店的一面，所以倒沒受到什麼傷害。

雖然場面混亂，但是孫守義覺得出動武警並不是最好的解決辦法，他對莫克說：「莫書記，現在局面還沒有失控，是不是暫且不要出動武警啊？」

莫克火大了，說：「這還不夠失控啊，我這個市委書記都被人打了，情形這麼嚴重，必須出動武警控制場面，不然的話，後果將不堪設想。」

莫克說完，就拿出電話打給姜非，說：

「姜局長，我現在在海川大酒店，外面有一群暴徒將酒店圍了起來，我要求你立即安排武警過來維持秩序。」

市委書記下了命令，姜非不敢違抗，答應立即出動，莫克這才心神稍定，看了看湯言，歉意地說：「湯先生，剛才真是抱歉，沒想到會發生這種情況，讓你受驚了。」

湯言苦笑了一下，說：「這些人真是不可理喻，工廠搞不好能怪別人嗎，還不是他們經營不善造成的，我來是爲工廠解困的，反被他們當成敵人了。」

這時，外面的警笛聲響起，姜非帶著武警趕到了，武警迅速衝到酒店門前，姜非則進趕緊進了酒店，去見莫克。

一下子來這麼多武警，現場的氣氛開始緊張起來，有人大喊道：「狗官們想要用警察來鎮壓我們了，弟兄們，上啊。」

本來平靜的人群立即騷動起來，開始跟武警們互相推搡叫囂，後面更有工人們向酒店的玻璃大門投擲磚塊、酒瓶、石塊，大廳的玻璃門和玻璃窗嘩啦嘩啦被擊碎，發出可怕的聲音，現場一片狼藉。

姜非看情形越發失控，就對莫克說：「莫書記，你帶著人趕緊撤到樓上，我下去制止鬧事的群眾。」

莫克已經被嚇得渾身哆嗦，趕忙點點頭說：「姜局長，這裏就全靠你了。」

孫守義交代說：「姜局長，你告訴同志們，千萬要克制，注意紀律，別造成傷亡，製造更大的矛盾。」

孫守義擔心衝突鬧大，把工人們打傷了，姜非首當其衝是要負責任的，因此才提醒姜非要注意。

姜非點點頭說：「放心吧，孫副市長，我自有分寸的。」

莫克一行人就退到三樓一間會議廳去了，姜非則出去指揮幹警控制現場暴動的人群。

過了一會兒，幾個為首的人被武警控制了，躁動的人群才被壓了下來。

這時，金達聞訊也趕了過來，看到酒店門口都是武警和員警，鬧事的工人們被阻攔在幾米之外，就問：「姜非，我們的幹警有沒有人受傷？」

姜非報告說：「傷了六名幹警，已經送往醫院了。」

金達說：「那些工人呢？」

姜非回說：「有三名工人不聽制止，跟我們的幹警在爭執中受了傷，也已經送往醫院了。」

金達嘆說：「怎麼會這樣呢？事情是怎麼鬧起來的？誰讓出動武警的？」

姜非說：「是莫書記非要出動武警的。」

金達暗自搖頭：這個莫克真是胡鬧，工人聚集，怎麼能出動武警對付呢！

「莫書記呢？」他又問道。

姜非說：「在三樓會議廳。」

金達心說：這個莫克真是有意思，他身為市委書記，出了事不出來面對群眾，卻躲在三樓的會議廳算是怎麼一回事啊？

金達瞅了姜非一眼，說：「你在下面看著，我上去看看莫書記。」

金達就上了三樓，一進門就看到莫克受傷的狼狽樣，便上前慰問道：「莫書記，你沒事吧？」

莫克臉上被抓傷的地方血跡已經乾了，倒也沒什麼大礙，便說：「我沒事了，金達同志。」

金達又看了看孫守義，說：「老孫啊，你臉上的傷沒有大礙吧？」

孫守義說：「就被人打了幾巴掌，皮肉傷，不要緊的。」

金達不禁埋怨孫守義說：「老孫啊，你怎麼能讓姜非把武警帶來呢？莫書記不懂，你還不懂嗎，海川重機的工人們聚集也不是一兩次了，好好做一番工作就能安撫下去的，怎麼非要出動武警把事情鬧這麼大啊？」

金達這是指桑罵槐呢，表面上是指責孫守義，話卻是說給莫克聽的，現在事情鬧得這麼大，幹警和群眾都有受傷，海川大酒店又被毀壞了這麼多財物，這些都需要跟省裏彙報的。金達雖然不是直接責任人，卻逃不過也得跟著作檢討。

莫克在一旁聽了，有些不好意思地說：「金市長，你不要責備孫副市長了，他勸過我不要出動武警，是我沒有經驗，覺得場面幾近失控，堅持要出動武警的。」

金達說：「莫書記，我們先不說這些了，現在外面的工人們圍著不肯離去，您說要怎麼辦吧？」

莫克哪裡有處理這種事的經驗啊，便說道：「你看怎麼處理比較好？」

金達想了想說：「我看這樣吧，您先出去跟工人們見個面，答應他們會安排工作小組進駐海川重機，聽取工人對海川重機重組的意見，並會根據工人們反映的情況修正重組的方案，對今晚工人們所造成的一切損失不予追究，對在衝突中受傷的工人，也會給與必要的治療。讓他們先回家吧，不要再在這裏圍著了。」

莫克擔心地說：「話我是可以去說，只是我說的，工人們不一定會相信啊。」

金達打氣說：「你放心，我跟老孫一起陪你去。」

金達便對站在一旁的傅華說：「傅華，你陪湯先生在這裏坐著，我和莫書記下去協調一下。」

三個人一起面對著工人，莫克便開口說道：

「各位，我是市委書記莫克，市委領導剛才研究了一下，我們注意到你們對海川重機重組還有些意見，所以決定暫停海川重機重組協議的簽訂，市裏明天會安排工作小組進駐海川重機，聽取你們對重組方案的意見。現在你們就先散了吧。」

工人們卻喊道：「我們不相信你，你跟那個北京來的傢伙一起喝酒，還稱兄道弟的，你們根本就是一夥的。」

莫克心裏後悔不已，原本這個接風宴是金達要出席的，是他想要巴結湯言，才刻意親自出面接待，沒想到會碰上這碼子事。現在工人擺明了不相信他，他可怎麼下臺啊？

金達看莫克有點收不了場，便往前走了一步，說：「各位，我是海川市的市長金達，我想這裏面很多同志都跟我打過交道，知道我金達是什麼人。」

便有工人點點頭說：「是啊，金市長，你這個人還行。」

金達說：「既然你們相信我，那就請先回去吧，明天市政府一定會派出工作小組進駐海川重機，聽取你們的意見的。」

有工人問：「那金市長，今天晚上發生的這些事怎麼辦呢？」

金達誠懇地說：「你們放心，我金達向你們保證，市裏絕對不會追究任何人的責任，受傷的同志，市裏也一定會安排他們接受最好的治療。」

帶頭的工人便說：「既然金市長說到這份上了，那我們就先回去吧。」工人們便陸續散開了。

金達看了看莫克，說：「莫書記，我們是不是去看看湯先生？」

莫克點點頭，三人上了樓，進了會議廳。

湯言看到金達等人，便站起來伸出手說：「金市長，你真行啊，有兩下子！今天幸虧你來了，謝謝啊。」

湯言剛才已經從窗口看到了金達勸退工人的情形，對金達掌控局面的能力很是讚賞，相較起金達來，就更顯出莫克這個市委書記的無能了，他不但沒辦法控制局面，還狼狽的被人逼到樓上來，害得他跟著擔驚受怕，湯言心中就有些看不起莫克，因此湯言把手先伸給了金達。

金達笑了笑說：「湯先生客氣了，恐怕你的這個謝謝我沒辦法領受，相反的，我還要跟你說聲抱歉，我們兩家的協議恐怕要暫緩簽訂了，海川市政府必須要對重組協議做些調整。」

湯言理解地說：「金市長不說我心裏也清楚，今天這個局面我都看到了，就算我強行簽訂這份協議，恐怕也無法執行，我尊重你們的意見，看看工人需要做什麼調整，大家再來商量吧。」

在一旁的莫克不甘被冷落，插了句嘴說：「謝謝湯先生對我們的理解。」

湯言看了一眼莫克，說：「這個不理解也得理解啊，我可不是什麼萬惡的資本家，一定要靠盤剝工人們發財的。」

莫克立即笑說：「湯先生，你真是善體民意啊。」

金達不想看莫克這種諂媚的嘴臉，便笑了笑說：「湯先生，時間也不早了，你休息吧。明天我們看看海川重機工人們反映的情況，再跟你報告吧。」

第七章

燙手山芋

湯言說：「傅華，你現在看我拿了一個燙手山芋在手裏，是不是在心裏偷著樂啊？」

傅華搖搖頭說：「我樂什麼啊，你以為我巴望著看你失敗啊？」

湯言說：「如果今天換我在你的立場上，我一定會高興得笑出來的。」

湯言點點頭說：「行，就聽金市長的安排吧。」

從海川大酒店出來，莫克準備上車回家，這一晚對他來說，是很沒面子的一晚，他只想早點離開這個是非之地。

沒想到金達在後面喊他：「莫書記，您先等一下。」

莫克不滿的看了金達一眼，今晚所有的風光都在金達身上，甚至連湯言都對金達表示了讚賞，這讓他對金達十分嫉妒。

莫克沒好氣地說：「還有什麼事嗎？」

金達笑了笑說：「莫書記，我們現在還不能回去，那些受傷的幹警和工人們還在醫院呢，您看是不是一起去看望一下他們？」

莫克馬上就明白他有些疏失了，那些幹警會受傷是因他而起，他如果不去看望他們，一定會惹來民怨的。

莫克苦笑了一下，說：「我真是氣糊塗了，怎麼把這件事給忘記了，謝謝你提醒我，金達同志。」

金達說：「客氣什麼，我是您的副手，有義務協助您的工作的。」

金達委婉表達了尊重莫克的意思，讓莫克感覺很好，不再那麼氣惱金達搶走他的風采了，便點點頭說：「上我的車吧，我們一起去看看。」

兩人就去醫院，看望慰問了受傷的幹警和工人們，這才分手各自回到住處。

第二天一早，莫克安排召開了一次緊急會議，確定常務副市長孫守義帶頭組織一個特別工作組進駐海川重機，聽取工人們的意見，然後匯總作成報告，向市委和市政府報告。

孫守義就帶著人進駐海川重機，聽取工人的意見去了。

孫守義離開後，莫克和金達又交流了一下意見，然後由莫克向省委書記呂紀就昨晚發生的事做彙報。

呂紀聽了莫克的彙報之後，很是不滿意，說：「莫克同志，你是怎麼回事啊，明知道海川重機的工人對工廠目前的狀況很不滿，你搞那麼隆重的接待幹什麼，這不是激化矛盾嗎？」

莫克辯解說：「呂書記，我是想人家從北京大老遠的來，所以覺得我應該出面接待一下，誰知道會發生這種事。」

呂紀教訓說：「你不知道表示你考慮問題還是不夠全面，再說，誰讓你動用武警的？你想幹什麼啊？本來一件很容易能安撫下來的事，卻被你鬧得這麼大，你是不是嫌那些工人們對你們市委和市政府的意見還不夠大啊？真是胡鬧。」

莫克灰頭土臉地說：「對不起呂書記，是我沒有經驗，看當時現場情形有些失控，就命令海川市公安局動用了武警。」

呂紀忍不住說：「你這個同志啊，你沒經驗就應該跟其他同志商量一下嘛。你現在搞得我們很是被動。你們市裏面現在打算拿這件事情怎麼辦啊？」

莫克趕緊說：「我們開了一個緊急會議，確定由孫守義同志帶頭組織一個特別工作小組，進駐海川重機聽取工人們對重組的意見，並會根據工人們的建議修正重組協議。」

呂紀聽了說：「就這些？」

莫克低著頭說：「暫時就這些。」

呂紀問：「那受傷的工人和損壞的財物怎麼辦？」

莫克說：「受傷的工人正在醫院進行治療，市裏會負責相關的醫療費用。至於昨晚的損失，金達同志已經向工人們承諾，不會追究了。」

呂紀嘆說：「這還差不多，行了，你趕緊把這些處理意見形成一個決議，在你們的政府網站上公佈。昨晚的事情肯定會被人放到網上去的，你們越早把你們的處理意見公佈出來，越表示你們的行政是公正透明的，才能減少負面影響，知道嗎？」

莫克說：「我知道了，呂書記，我馬上就安排宣傳部門去做這件事。」

呂紀又訓斥說：「你給我用詞謙卑一點，你要清楚，我們是人民的公僕，不是什麼動不動就出動武警對付市民的大老爺。」

莫克額頭的冷汗直冒，呂紀這麼說，說明他對這次事件十分不滿，於是趕忙說道：

「呂書記，我一定會做好這件事的。」

呂紀掛了電話後，莫克就趕緊把宣傳部長找了來，讓他按照呂紀的意思擬了一份處理意見，放到市政府的官網上。並讓宣傳部長把這份處理意見也在新聞中播報出來。

呂紀掛了莫克的電話後，就把電話打給金達。

金達接通了，呂紀開口就斥責說：「秀才啊，怎麼搞的，湯言的事我不是交代給你了嗎？這本來也是屬於市政府的事，你把莫克摻合進來幹什麼？」

金達無言地說：「是莫書記主動要求的，他不知道從什麼管道知道了湯言的背景，上次湯言離開海川的時候，他就出面送行了。這次湯言來簽約，他提出要出面接待，我也不敢拒絕啊。」

呂紀忍不住搖頭說：「這傢伙真是沒腦子，什麼人的馬屁都拍啊？誒，秀才，昨晚鬧到那個樣子，湯言沒出什麼事吧？」

金達說：「沒什麼事，只是可能受了點驚嚇而已。」

呂紀鬆了口氣，說：「沒傷到就好，不然的話，我還真是不知道怎麼去跟他父親解釋呢。那湯言現在對這件事是什麼意思啊？有沒有因爲工人鬧事而有什麼不滿啊？」

金達說：「湯言是沒表現出什麼強烈的不滿，昨晚我離開酒店的時候，看他的態度還挺平和的。」

呂紀嘆說：「這件事現在被這個莫克搞得更複雜了，出動武警，一定會激起海川重機工人們的強烈不滿，爲了穩定局勢，可能需要對工人們做出更大的讓步，不然怕是又將釀成新的抗爭。」

金達點點頭說：「呂書記，我跟您的看法一致，現在看來，原來跟湯言達成的框架協議可能也需要做些修改了。」

呂紀說：「秀才，該怎麼做就怎麼做吧，湯言這方面是要照顧，但是我們也不能冒著釀成更大抗爭的風險。這樣吧，你先跟湯言商量著辦，如果湯言不接受，你跟我說，我來做他的工作。」

呂紀知道，現在維持社會穩定是重中之重，如果只顧著照顧湯言，把海川重機的工人們逼上街頭，他這個省委書記也是很難收拾的。最好的辦法，是能夠從中找出雙方都能接受的條件，但是這種完美結果很渺茫，因爲兩者的利益是背道而馳的。所以到最後迫不得已的時候，也只好想辦法說服湯言妥協了。

金達說：「我明白。我會做好這件工作的。」

呂紀又叮囑說：「這件事你給我盯好了，有什麼問題趕緊跟我彙報；再是，記得別讓莫克在裏面瞎攪合了。好了，我掛了。」

金達心裏不禁苦笑說：你當我願意讓莫克參與進來啊？他是市委書記，我能對他說什麼啊？我這個市長也只能配合，否則你們又會說我不合群了。

不滿歸不滿，工作還是要做的，金達就撥電話給傅華，問傅華現在湯言是一個什麼情形。

傅華說：「湯言還沒起來，我也不清楚他現在的狀態。」

金達交代說：「回頭你看看他的狀況，安撫一下他的情緒。」

傅華說：「行，我一會兒過去看看。市長，市裏面準備拿這件事怎麼辦呢？」

金達無奈地說：「還能怎麼辦，聽取工人們的意見，然後修正重組的方案吧。孫副市長已經進駐海川重機了。回頭你也探聽一下湯言的口風，看看他能妥協到什麼程度。」

傅華答應了，金達就掛了電話。

傅華看看時間，已經快十點了，就往湯言屋裏撥了個電話，問湯言起沒起來？說他想要過去看他。

湯言說：「我已經起來了，你過來吧。」

傅華去了湯言的房間，湯言正在用筆電看新聞，看到傅華進來，笑說：「現在的網路真是發達，昨晚海川重機工人圍攻市委書記事件，今天早上就有人發到網上了，你們的市委書記莫克這下子可要出大名了。」

傅華笑了笑，說：「是嗎，我看一下。」

發這個帖子的人很有準備，包括莫克被打的狼狽樣子，還有酒店玻璃破碎的照片，都一一呈現在影片中。

帖子下面有許多留言和評論，內容大多是一面倒的批判政府，辱罵莫克，有的甚至說莫克是被奸商賄賂收買的貪官，咒他不得好死。

看到這些，傅華心中不免感到好笑，莫克不過是想巴結湯言而已，哪知道竟然會惹上這個無妄之災。

莫克接任市委書記之後，在公眾面前一向標榜清廉堅持原則，現在喝得滿面紅光，出現在接待北京富商的場合，又爲了富商跟海川重機的工人們發生衝突，他之前刻意塑造出的清廉形象在海川市民心中馬上就崩塌了。

果然是成也輿論，敗也輿論，莫克借助輿論工具把自己塑造成一個好官，但是今天他跟工人們對立的事件被線民放上網路，網路輿論瞬間就毀掉了他精心營造出來的形象。

對此，傅華並不感覺惋惜，相反還有點高興，他也很反感莫克耍弄政治手腕，壓低同僚，抬高自己的做法。

另一方面，從這個帖子上，傅華可以看出民意明顯是傾向海川重機的工人，可見工人們也很懂策略，竟然利用網路這個輿論工具來對海川市府形成壓力。

傅華說：「湯少，看來這件事已經成了無法善了之局了，你心裏是不是有點怕了？」

湯言看看傅華，笑說：「傅華，你現在看我拿了一個燙手山芋在手裏，是不是在心裏偷著樂啊？」

傅華搖搖頭說：「我樂什麼啊，你以爲我巴望著看你失敗啊？」

湯言說：「你沒有嗎？如果今天換成我在你的立場上，我一定會高興得笑出來的。」

傅華說：「你別以小人之心度君子之腹，海川重機這個問題已經拖了很久，是到了非解決不可的時候了，雖然我不喜歡你這個人，更不喜歡你做事的方式，但是我還是希望這次你能順利地簽訂重組協議的。」

湯言笑說：「傅華，你還算有理智。你心裏肯定清楚海川重機已經病入膏肓了，除了那個上市公司的殼以及廠房下面的土地還值幾個錢之外，別的真是一文不值啦。我就不明白這些工人們還鬧什麼啊？形勢明明擺在那裏，不接受重組，海川重機只有破產一途可走，越鬧，這些人的下場恐怕越糟糕，他們真是沒有頭腦啊。」

傅華說：「恐怕不盡然吧。湯少，你是不理解他們的心情，他們很多人都是一畢業就在這家工廠工作了，這家工廠就等於是他們生活的全部，你驟然把他們從這家工廠裏踢出去，讓他們怎麼接受得了啊？所以他們會鬧也在情理之中。」

湯言卻十分不以爲然：「你這是什麼意思啊？他們從畢業就進了這家工廠，這家工廠就該養他們一輩子嗎？我跟你說，傅華，你說的並不對，他們鬧的根本原因不是他們接受不了被踢出工廠，而是想通過這種方式向政府施加壓力，好逼政府給出更好的安置條件。這實際上是一種群眾暴力現象，他們根本就是借助群體的力量來逼迫他人接受不合理的條件。這顯然是錯誤的，可惜的是，在目前這種維穩的大環境之下，他們這種暴力行爲往往會得逞。」

傅華不得不承認，湯言說的很有道理，便說：「湯少，看來你看事情也很透徹啊。那你準備怎麼辦呢？是不是打算打退堂鼓啊？」

湯言笑了起來，說：「在我的字典裏，從來沒有退堂鼓這一說。其實工人們鬧事對我來說，也未嘗不是一件好事，這個消息發上網之後，那些手上還握有海川重機股票的股民一定會認爲海川重機重組受阻，就會趕緊出逃，海川重機的股價一定會下跌的，這是我收集籌碼的好機會，我已經安排北京那邊趁機趕緊吸收剩餘的籌碼了。」

傅華懂了，湯言的話，說明他並沒有放棄海川重機重組的計畫，估計現在海川重機的籌碼已經都集中在湯言手中了，他現在需要的，就是海川重機重組的利多消息，那樣就會在散戶中形成搶奪海川重機籌碼的風潮，股價便會成倍數飆高，到時他一定會賺個盤滿缽滿的。

想到這裏，傅華就明白海川重機工人們即使再提高要價，湯言也是會接受下來的，畢竟他的目標只是要達到盈利的預期就可以了。

傅華不禁心悅誠服地說：「這點我真是服了你了，湯少，你總是算得這麼精明。」

湯言笑說：「這世界就是一個弱肉強食的世界，我不算得精明一點，恐怕早就被人吃的連渣都不剩了。」

傅華說：「我們市長還擔心你會受昨晚的事情影響呢，現在看來，你根本就不會因此改變既定的方針啊。」

湯言老神在在地說：「其實我在考慮做這個案子的時候，就已經把這些風險考慮進去了，所以昨晚發生這種事，我並不很擔心。即使真的需要做出一些讓步，估計海川市政府也一定會對我作出補償的。」

傅華笑笑說：「你真是算計到家了，連這一點你都想到了。」

湯言說：「那當然啦，未雨綢繆嘛。誒傅華，你們的金市長挺不錯的，控制場面的水準一流，這個人前途不可限量啊。我看你跟他的關係似乎很好，你的眼光還不錯嘛，巴結上他，將來你會跟著他沾光的。」

傅華笑了，說：「這個就不勞你湯少爲我操心啦，我想你也知道，我能動用的關係比金達有影響力的大有人在，我真是想要沾光的話，還不需要等他將來發展起來吧？」

湯言點點頭說：「這倒也是，你還真是認識了不少有力人士，可惜的是你一直不用這些關係，不知道你是真傻還是怎麼了。」

傅華笑笑說：「這就不關你湯少的事了。誒，湯少，你是準備在這裏等消息呢，還是先回北京再說？」

湯言說：「我會在這裏等一天看看的，這是我本來預定的行程。如果海川市不能儘快拿出新的方案來，那我也只能回北京聽消息了。」

傅華說：「這件事現在驚動的層面很大，需要收集工人們的意見，領導們再研究出方案，這些都需要時間，我想肯定不會很快就有結論出來的。」

湯言想想說：「這倒是，指望一個官僚機構有效率是不可能的，回頭你跟你們市長說一聲，今天如果不能拿出新的方案來，我明天就回北京了。」

傅華把湯言的意思跟金達作了回報，金達聽了說：

「今天就拿出方案顯然是不可能的。就算是我們拿出方案，也需要跟呂紀書記請示才能定案，這樣吧，你跟湯言說一聲，還是請他先回北京吧，等我們拿出可行的方案了，再跟他聯絡。」

傅華說：「好，那我就通知他先安排回北京。」

金達又交代說：「再是，你跟湯言說，現在的情形很微妙，他這次回北京，市裏面就不出面為他送行了，以免再橫生枝節，就由你來安排他回去的行程吧。」

傅華點點頭說：「現在的情形確實不適合送往迎來，我想湯言應該可以理解的。」

湯言對此果然並不意外，於是這次離開顯得格外的低調，在沒有任何其他政府官員送行的情況下，飛回了北京。

回到北京的當晚，湯言就去了鼎福俱樂部。

方晶找了過來，問說：「湯少，怎麼回事啊，怎麼還沒把協議給簽下來啊？」

湯言說：「老闆娘，你以爲事情這麼容易啊？電話上我不是跟你講了嗎，海川重機的工人鬧事，圍堵我和海川市委書記，海川這次都出動武警才把事情給壓了下去，爲了安穩人心，不得不暫緩跟我們的簽約。」

方晶擔心地說道：「湯少，我怎麼覺得這件事十分麻煩啊，你上次不是已經被圍了一次嗎？這次又來這一套？繼續搞下去的話，會不會出什麼問題啊？」

湯言笑笑說：「沒事了，老闆娘，我心中有數。」

方晶不禁埋怨說：「你老是說沒事，卻總搞不定。」

湯言的臉沉了下來，說：「老闆娘，你這話是什麼意思啊？你不相信我？」

方晶說：「不是不相信你，可是出這麼多問題，我的心定不下來。」

湯言不高興地說：「說到底你還是不相信我，老闆娘，你有點耐性好不好？這件事後面要操作的東西很多，你這樣子老是不相信人，可是不行的。」

方晶說：「我原本可沒想到會有這麼多麻煩，我還以爲你湯少出馬，什麼問題都不會有呢。湯少，你不是說已經找了東海省的省委書記呂紀了嗎？難道說他就一點忙都幫不上？」

湯言眉頭皺了起來，說：「哎呀，我的老闆娘，你不懂的，省委書記能管得到官員，卻管不了這些鬧事的工人們的。」

方晶嘆說：「這時候你才來說這種話，唉，早知道這樣，我就不蹚這灘渾水了。」

湯言愣了一下，說：「你這是什麼意思啊？想退出？」

方晶看了看湯言，說：「如果我真的要退出，湯少不會介意吧？」

湯言趕緊勸阻說：「老闆娘，我們的操作馬上就要展開了，你在這時候退出，對誰都沒有好處的。」

如果此時方晶將資金抽走，那湯言的整個操作將會被迫停擺，這可不是湯言願意看到的局面。

方晶忍不住說道：「湯少，操作馬上就要展開這話你說了很多遍了，但是到目前爲止，我還沒看到任何實質性的操作。如果你一直這麼玩不動的話，是不是我的資金就要一直留在你手裏啊？」

作的。」

湯言說：「怎麼會一直玩不動呢，老闆娘，你有點耐性啊，我保證，我很快就會有動作的。」

方晶反問道：「那你告訴我，你說的實質性動作具體什麼時間開始啊？你給我個明確時間，如果到時候再沒有，你就把資金退給我，行嗎？」

湯言的臉色越發難看了，說：「老闆娘，你這就有點咄咄逼人了吧？當初是你找上門來非要參與的，可不是我逼你進來的，現在只是有了點麻煩，你就跑來讓我退錢，什麼意思啊，好事都是你的啊？」

方晶臉色也難看了起來，說：「湯少，話可不是這麼說的，你當初跟我承諾的東西現在一點都沒做到，我要退出，也很合理啊。」

湯言沒好氣的說：「老闆娘，你可別忘了，你出的資金是用來組建公司的，你是公司的股東之一，持有的是公司的股份，不經公司其他股東同意，你是不能退出的。如果你一定要拿回資金也行，找人買下你的股份就是了。」

方晶急了，說：「湯言，你玩我啊？新和集團目前並沒有任何實質業務，誰會來買我的股份啊？你這不是吃定我了嗎？」

湯言冷笑一聲，說：「老闆娘，這不是誰玩誰的問題，這個遊戲是你自己要加入進來的，風險自然也要你自己承擔，我現在只不過是讓你遵守遊戲規則，並不是要占你什麼便宜，更談不上玩你。你聰明的話，還是老老實實的給我待著吧，不要老是跟我說什麼要抽走資金的話，那樣子對你並不好。」

湯言跋扈的態度，讓方晶氣得火都衝到了頭頂，她叫道：「湯言，你竟敢這麼對我，你別以為仗著你父親就可以為所欲為了，別人怕你，我可不怕你。」

湯言卻絲毫不為所動，冷笑說：「老闆娘，你別這麼衝動，大家手裏有什麼底牌，彼此都很清楚，你是沒辦法逼著我把錢退給你的，所以知趣一點，就不要鬧得大家都不愉快了，等我玩完了這一局，你的錢自然會拿回去的。」

方晶瞪了湯言一眼，點了點頭說：「你行啊湯言，我們走著瞧吧。」說完，就氣呼呼的離開了包廂。

湯言心中一股怒氣，抓起桌上的酒杯就狠狠地砸到包廂的牆上，嘴裏罵道：「你什麼東西，不過是一個跟林鈞睡覺的婊子而已，竟然他媽的敢跑來威脅我，真是不知道自己什麼身分了。」

那邊的方晶也是一肚子火，回到辦公室之後，抓起電話打給馬睿，很是懊惱地說：「當初真是應該聽你的，不去跟湯言打什麼交道就好了。」

馬睿愣了一下，說：「怎麼了，湯言騙你了？」

方晶嘆說：「是啊，這傢伙當初承諾的海川重機重組始終啓動不了，現在我想把錢拿回來，這傢伙還不肯，非要讓我找人買下股份才行，你說我上哪兒找人接下這個爛攤子啊？」

馬睿安撫說：「你先別急，把事情的全部經過告訴我。」

方晶就講了事件經過，然後說：「你能不能找人幫我把這筆錢要回來啊？」

馬睿苦笑說：「恐怕不行，我能動用的關係根本威脅不到湯言。再說，現在這件事也不是真的出了什麼大問題，我看你是不是耐心一點，先別急著把錢拿回來？」

方晶不禁懷疑說：「你也怕湯言的父親？」

馬睿說：「這不是怕不怕的問題，而是能不能做到的問題。算了吧，方晶，你還是等等看吧，也許湯言有辦法解決這個問題的。」

方晶見馬睿不肯幫她解決問題，便沒好氣的說：「等等等！你想讓我等到他把我的錢都吃光了啊。」說完，就生氣地把電話給掛了。

掛了電話之後，方晶一個人坐在那裏發呆，雖然她衝著馬睿發狠，但是她能動用的最高層的關係也只有馬睿，馬睿不幫他，她一點辦法也沒有。

爲什麼一個女人想要做點事情這麼難？現在自己過半的身家都在湯言手裏拿不回來，這可怎麼辦呢？她對手上的錢一向十分小心，總是考慮再三，沒想到還是被人給坑了。

方晶越想越有束手無策的感覺，最後委屈的趴在辦公桌上哭了起來。

哭了一會兒，方晶的情緒宣洩的差不多了，人也開始冷靜下來，心想，現在也沒別的辦法了，只好任由湯言擺佈吧。希望這傢伙有點良心，不要把她的錢都給折騰光了。

雖然方晶不得不接受，卻是對湯言懷恨在心，總覺得自己是被湯言耍了，尤其對湯言那副吃定她的樣子更是惱火不已，她心說：你等著吧，湯言，你可別有什麼把柄在我手裏，犯在我手裏，看我玩不死你。

第二天臨近中午的時候，方晶去了海川大廈，想從傅華那裏多瞭解一些有關海川重機重組的情形，看看湯言跟她說的究竟是不是真的。

既然她的錢一時沒辦法拿回來，對重組的情形多瞭解一些也好，這樣心裏也能夠安定一些。

方晶敲了敲門，走進辦公室，看到傅華正在忙碌，便說：「都要吃午飯了，還在忙呢？」

傅華抬頭一看是方晶，笑說：「原來是老闆娘啊。」

方晶嗔道：「又叫我老闆娘，非要惹我生氣是吧？」

傅華不好意思地說：「哎呀，叫習慣了。你先坐會兒，讓我把這份文件搞好。」

方晶就去沙發上坐下來，看著傅華忙活。

過了一會兒，傅華忙完了，這才問說：「找我有事啊？」

方晶笑笑說：「沒事就不能找你了？」

傅華笑說：「別拿我開心了，你會沒事來找我？」

方晶說：「真的沒什麼事，我記得上次在海川大廈看到有一家海川風味餐館，當時就很想嘗嘗，今天中午正好沒地方吃飯，就過來想找你一起吃飯了。怎麼，不歡迎嗎？」

傅華笑笑說：「當然歡迎了，不過我這裏比起你那兒，恐怕是差得很遠啊，到時候你別笑話就是了。」

方晶搖搖頭說：「笑話什麼啊，鼎福跟你這兒完全是兩種風格的。」

兩人就下去海川風味餐館，傅華點了幾個時令海鮮，又開了瓶白酒。

吃了一會兒，方晶便問起重組的事來，說：「傅華，我聽湯言說，你們這次去海川被人給圍堵了，究竟怎麼一回事啊？」

傅華不禁看了一眼方晶，笑笑說：「這才是你今天跑來找我的真正目的吧？」

方晶點點頭說：「是的，傅華，我可是投了一大筆錢在裏面，現在湯言一拖再拖，一大堆的麻煩事都出來了，我很擔心最後會出什麼問題，讓我血本無歸。我現在有些信不過湯言，你說我該怎麼辦啊？」

雖然對湯言並無好感，但傅華並不想扯他後腿，便說：「其實你的擔心是多餘的，這件事雖然拖延了不少時間，但是我相信湯言是能夠掌控住局面的。」

方晶有些懷疑地說：「傅華，你是說我還可以信任湯言？你不是跟我開玩笑的吧？」

傅華笑說：「我跟你開什麼玩笑啊，整件事情的前前後後我都很清楚，我說這個話可是很認真的。」

方晶質疑說：「可是你不是跟湯言有些矛盾嗎？怎麼會說他的好話呢？」

傅華說：「我這是實事求是。說實話，我很討厭湯言這個人和他的做事風格，但是我也不得不佩服他做事的精明。這次海川重機的工人鬧事，早就在他的預料之中，他心中早有應對之策，所以你真的沒必要擔心什麼的。」

方晶說：「這些你怎麼知道的，湯言跟你說的？」

傅華點了點頭，說：「是啊，這次工人鬧事的事件之後，我跟他聊了一下，想要瞭解他未來的動向，他就跟我說了這些。」

方晶心說：也許我真的是錯怪湯言了，便笑笑說：「原來是這樣啊。」

傅華開導她說：「你就把心放進肚子裏去吧，湯言那個人很倨傲，他是不屑於做什麼騙錢的事的。」

方晶聽了，不禁說道：「傅華，你倒是很大度啊，對湯言評價這麼高，你知道湯言都在我面前怎麼說你嗎？」

傅華搖搖頭說：「我不知道，不過他肯定不會說我什麼好話的，所以不知道也罷。」

方晶笑了起來，說：「你還真瞭解湯言啊。」

傅華的話讓她的心安定了下來，知道湯言並沒有存心要坑她的錢，再加上海川風味餐館的海鮮確實很美味，方晶這頓飯吃得十分開心，離開的時候還跟傅華說：「你這裏的海鮮確實不錯啊，再有什麼好料，記得喊我來一起吃啊。」

離開海川大廈後，方晶回到了俱樂部，雖然她知道湯言不會騙她的錢，但是另一個問題又產生了，她昨天一時氣憤，跟湯言說了些過頭的話，現在該怎麼想辦法修復兩人的關係呢。

看來也只能放低身架，陪個不是罷了，方晶就讓下面的人注意湯言的包廂，看湯言如果過來的話，就通知她一聲。

不知道湯言是不是被昨晚的事情氣到了，在往常出現在俱樂部的時間裏並沒有出現。方晶又等了一會兒，確定湯言今晚不會過來了，就把電話撥了過去。她不能讓兩人的芥蒂拖下去，時間越久，湯言對她的成見會越深的。

湯言接了電話，不高興的說：「老闆娘，你找我幹嘛，不會又是想找我要錢吧？」

方晶趕緊笑說：「湯少，你還在生我的氣啊，原本我想等湯少今天過來的時候，當面跟你道個歉的，沒想到你今晚沒過來，就只好打電話給你了。」

湯言很冷淡地說：「道歉，道什麼歉啊？」

方晶心裏氣道：你這不是明知故問嗎？要不是爲了以後的合作，我給你打什麼電話啊？氣歸氣，方晶也只得耐住性子，好言說道：「湯少，你別這樣啊，我一個女人家，商場上的事沒什麼經驗，遇到事情就容易沉不住氣，所以昨天跟你說的那些話就有些過分了，對不起啊，你就別跟我一般見識了。」

湯言似乎對方晶的這個反應並不意外，回說：「這麼說，老闆娘你不準備退股了？」

方晶趕忙說：「不退了不退了，我相信湯少一定能將海川重機這個重組案子弄得很好的。」

湯言說：「那就好，你還有別的事嗎？」

方晶笑笑說：「沒有了，有時間過來鼎福玩啊。」

湯言就掛了電話，方晶拿著電話愣了半晌，她陪盡笑臉換來的卻是湯言冷淡的回應，雖然總算把要退股的尷尬解釋過去了，但是湯言的態度卻讓她感受到幾分屈辱，她對湯言原本已經有些化解的恨意，此刻再次在心底燃起。

湯言則是正跟鄭堅和中天集團的林董在一起商量方晶想要抽走資金的事呢。

雖然湯言在方晶面前表現的很強硬，但是他並不是一點都不擔心，昨晚他從鼎福離開之後，心裏就開始盤算著萬一真的讓方晶從新和集團裏面退出，該想什麼別的方法籌集資金。

想了半天，也沒想到一個比較明確的方案出來，因此才把鄭堅和林董叫到一起商量。正在三人一籌莫展的時候，方晶的電話打了進來。

湯言掛上電話，對鄭堅和林董說：「方晶打來的，這個女人又不知道聽了誰的話，現在又不想退股了。真是服了她了，想起一齣是一齣。」

鄭堅笑笑說：「你管她呢，她不退了，我們的資金缺口就沒啦，省得我們還要費腦筋想辦法了。」

湯言忍不住抱怨說：「跟女人合作就是這樣子，反覆無常！你們沒看到昨天她的樣子，簡直就像是要跟我打架似的，以後我再也不跟女人合作了，受不了。」

鄭堅勸慰說：「好了，別去管她了，我們還是想想海川方面如果拿出了新的條件，我們要怎麼應對吧。」

湯言說：「這個我想過了，政府方面爲了維持穩定，一定會對工人們妥協，這個我沒意見，但是代價不能由我們這一方來承擔，起碼不能全部由我們來支付。」

林董說：「湯少準備怎麼辦呢？」

湯言說：「現在海川市政府手中還有一些海川重機的股份，如果他們真的要逼著我們向工人妥協的話，那他們手中的那些股份最好是能轉讓給我們作爲補償。」

鄭堅點點頭說：「湯少，你想的這個方案可行。海川重機的問題都是一些歷史遺留問題，海川市政府是應該出點血作爲代價的。」

第八章

有毒玫瑰

湯言笑笑說：「有沒有你自己心裏清楚，我可管不著，
不過看在你算是幫了我的份上，我提醒一下你，方晶這朵花雖然嬌豔多金，
但是可是朵有毒的玫瑰，你小心花沒摘到手，卻被刺扎傷了手啊。」

就在三人商量如何應對海川市政府時，在金達辦公室裏，金達和孫守義也正在商量這件事情。

孫守義已經在海川重機守了好幾天，收集了很多工人的意見，就把這些意見跟金達提出彙報。

經過孫守義瞭解，工人們對重組方案意見最大的，就是工人的資遣問題。

海川重機已經決定停止生產線的生產，因此工人們立即面臨的就是工作問題，對此，湯言提出的方案是給這些工人提供安置資金，讓他們或者接受職業培訓，轉崗到其他行業，或者直接分派到其他工廠去。

可是工人們並不願意接受這種安排，不論是再就業培訓還是分派到其他工廠，工人們都覺得他們會受到歧視，而且市裏面提出分派的工廠，現在的收益也並不好，到了新工廠之後，他們恐怕會再次面臨跟海川重機一樣的命運。因而希望海川重機保留原來的主業，進行技術革新，讓工廠重新煥發生機。

這樣的想法很美好，但是真正要實施起來卻不切實際，因為海川重機的生產線早就跟不上形勢了，沒有什麼能叫得響的高端產品，想要靠技術革新改變工廠的命運，根本就不可能。

金達看著意見報告書苦笑地說：「老孫啊，這些工人們怎麼還不能接受現實啊？你說我們究竟該怎麼辦好呢？」

孫守義也無奈地搖搖頭，說：「我也不知道怎麼辦。這都要感謝我們的莫書記，爲了對付工人動用了武警，加深了工人們對政府的反抗情緒，在這種情形下，工人們變得態度十分強硬，堅持非這麼做不可。要不，乾脆把這問題交給莫書記，讓他說要怎麼辦吧。」

最近莫克的日子並不好過，不但被呂紀狠刮了一頓，網路上的輿論對莫克也是罵聲一片，莫克想要維持的那種良好形象蕩然無存。這幾天，莫克的臉色都是陰沉沉的，一副垂頭喪氣的樣子。

呂紀已經明確的說不要讓莫克再參與進來，如果現在再把事情推給莫克，那樣呂紀一定會不高興的，只會把事情搞得更糟。

於是金達搖搖頭說：「就算我們要莫書記來處理這件事，也得拿出方案來才行。」

孫守義看了看金達，問：「那市長想怎麼辦？」

金達想了想說：「目前工人們提出來的方案跟湯言的構想根本就是南轅北轍，既然這種矛盾無法調和，索性擱置一下好了。」

孫守義質疑說：「擱置？」

金達說：「對啊，現在工人們正在氣頭上，提出來的要求也是不理智的，索性就給他們一段時間冷靜一下，就說由於雙方的意見分歧很大，無法形成共識，重組只能暫緩了。

這也有是沒辦法的辦法，老孫啊，你覺得怎麼樣？」

孫守義考慮了一下說：「看來也只好這樣子了。」

金達說：「那我們就這樣子跟莫書記彙報，看看他是一個什麼想法。」

兩人就去跟莫克作了彙報，莫克聽完，眉頭皺了起來，說：「這些工人們怎麼這麼不講理啊？如果海川重機還能挽救的話，我們又何必再找人來重組？他們的要求湯先生又怎麼會接受呢？」

金達解釋說：「莫書記，我也知道工人的要求是有些不合理，但是目前工人對市政府抵觸情緒很大，如果我們直接拒絕，一定會釀成新的抗爭。剛才我跟老孫合計了一下，還是把重組暫緩一下，等工人們冷靜些，再來啓動重組談判吧。」

莫克看了一眼金達，說：「金達同志，暫緩的話，湯先生那邊會不會有意見啊？」

金達不禁心裏嘀咕道：這個莫克真是奴才相，到這個時候還在想湯言會不會有意見，如果再去激怒海川重機的工人，把事件鬧得更大，省裏還不知道會怎麼批評海川市呢。

金達耐住性子說：「莫書記，我們現在是穩定壓倒一切，湯言那邊就是有意見，我們也只能這麼做了。」

莫克點了點頭，說：「這倒也是，不過我們還是要跟湯先生多做一些解釋工作，讓他儘量理解我們的苦衷比較好。」

金達說：「這是一定會做的。」

莫克說：「那行，我把你說的這個方案跟呂紀書記報告一下，他如果同意了，我們就按照這個方案執行了。」

莫克就把暫緩重組的方案報告呂紀，呂紀也覺得這是目前唯一可行的辦法，就表示了同意，於是海川重機的重組又暫時懸置在那裏了。

莫克因爲這件事弄得灰頭土臉，心中很想找點事情扳回點顏面，正好他發起的整頓作風活動已經進展到第三個階段，莫克就召開了一次專門會議，準備到海川各地展開抽查活動。

爲了表示對這個工作的重視，莫克親自帶了一個檢查小組，另一個小組帶隊的則是副書記于捷。

海川政壇頓時緊張了起來，很多人都知道莫克這次一定會憋著勁找出幾個倒楣鬼來處理一下，好多少挽回一下喪失的顏面，因而如臨大敵，官員們都一改往常懶散的作風，紛紛做出一副勤政的樣子。

莫克走了幾個縣市，看到竟然都是幹部盡職盡責的良好工作形象，一個能夠抓的壞分子都沒有，心中難免有些鬱悶。

莫克清楚這是下面的幹部們對他有了警惕，這都是裝出來給他看的。如果大家的工作態度真的這麼良好，那海川市都可以成爲全國的典範了，顯然這是不可能的。

莫克決定改變策略，不再按照安排的預定行程走，照這樣走下去，自己什麼也抓不到的。

於是在轉天的欽城市抽查工作中，莫克拒絕了欽城市市委書記向發做好的安排，說要下鄉去看看。

欽城市是一個縣級市，農業占經濟比重很大，向發早就預知莫克可能要搞突襲，對莫克提出要下鄉看看並不意外，就笑笑說：

「莫書記真是對我們欽城市很瞭解啊，想要看農村，行啊，那我們就去大窯鄉吧。」

莫克看向發氣定神閒的樣子，就知道向發已經在大窯鄉事先做了佈置，也不戳穿，就讓向發帶他們去大窯鄉，一行人就開著車浩浩蕩蕩直奔大窯鄉而去。

半個多小時後，車隊到了大窯鄉政府駐地，向發剛想叫司機往裏面開，莫克發話了：「我們不去大窯鄉了，去下面那個鄉鎮馬埔鄉。」

向發的臉色變了，有點尷尬的說：「莫書記，不是說要看大窯鄉嗎，我都已經安排好了。」

莫克笑笑說：「向發同志，你這麼說是不是擔心馬埔鄉有什麼問題啊？你們跟市裏面彙報的可都是沒問題的啊？」

向發爲難地說：「問題是沒問題啦，但是事先沒做安排，下面的同志不一定會在單位等著我們去抽查的。」

莫克說：「我要看的是他們的工作態度，不一定非要到他們的工作單位，在他們工作的現場看也挺好的啊，走吧。」

向發說：「那我給他們打個電話，通知他們一聲好了。」

莫克笑說：「電話還是不要打了，我想看的是他們真實的工作狀況，向發同志，你把同志們的手機都幫我收上來，不要讓他們打電話通知馬埔鄉的同志。」

向發遲疑地說：「莫書記，雖然馬埔鄉是大窯鄉的下一個鄉鎮，但是這兩個鄉鎮的駐地卻離得很遠，馬埔鄉又比較落後，路況也不好，我們現在過去，最少也要一個多小時，那樣就過了吃飯的時間了，要不，我們先在大窯鄉看看，吃過飯再去馬埔鄉。」

向發這種支支吾吾的樣子，讓莫克心中越發確信馬埔鄉一定有問題，不然向發也不會這麼推三阻四的了。這正是莫克想要的，又怎麼肯因爲向發這種推搪，就放棄這麼大好的機會呢？

莫克的臉沉了下來，說：「向發同志，是你去收同志們的手機，還是我去收啊？」

向發看莫克的臉色已經不好看了，知道沒辦法阻撓莫克去馬埔鄉，只好笑笑說：「莫書記，看您這話說的，當然是我去收了。」

莫克說：「行，那你現在馬上去收，收好了就送來我這兒。」

向發把同志的手機都收了過來，送到了莫克的車上，一行人就繼續前行。

又過了一個多小時，便到了馬埔鄉政府駐地，這一次按照莫克的指示，一行人進了馬埔鄉黨委。

向發下了車之後，就對來接他們的馬埔鄉鄉長唐武喊道：「你們的黨委書記齊海呢，莫書記來了，他怎麼不出來迎接啊？」

唐武笑笑說：「不好意思啊，向記不知道莫書記會過來抽查，並不在鎮上，他去下關村檢查農村工作去了。」

向發就看看莫克，說：「莫書記，齊海不在鄉裏，您看是聽唐鄉長做彙報呢，還是把齊海叫回來？」

莫克看了看來迎接他們的這些工作人員，雖然這些人打扮得有點土氣，但看起來都很老實，從這些人身上恐怕很難找出什麼問題來。既然這樣，向發不想來馬埔鄉的原因很可能就只有一個，那就是馬埔鄉的這個黨委書記齊海了。

莫克便說：「叫他回來幹什麼，我們直接去齊海同志工作的現場看看不是很好嗎？唐鄉長上車帶路，我們去下關村看看。」

向發和唐武的臉色都變了，唐武偷著看了一眼向發，問道：「向書記，您看？」

莫克說：「怎麼，唐鄉長，有問題，有問題嗎？」

唐武解釋說：「不是有問題，莫書記，現在已經是吃飯時間了，是不是先吃了飯再去啊？」

莫克譏諷的說：「向發同志，唐鄉長不愧是你帶的兵，找的藉口都跟你一樣啊。」

向發便瞪了唐武一眼，說：「吃什麼飯啊，先去下關村再說吧。」

唐武無奈，只好上車帶著莫克和向發往下關村開去

又過了二十分鐘，車到了下關村，一行人就直接去了村委會，村黨支部書記從家裏趕了過來，唐武見面就道：

「莫書記特地從市裏趕過來進行抽查工作，你趕緊把齊海書記找來。」

支部書記支吾地說：「齊書記還在田地裏看莊稼的灌溉情況呢，你們等一下，我馬上就去喊他過來。」

莫克愣了一下，這時候都已經過了中午吃飯的時間了，還在看灌溉情況？騙人的吧？下面這幫人真是拿他當傻瓜啊，以爲他就這麼好哄嗎？

莫克就喊住了支部書記，說：「你不要去喊他了，他在什麼地方，你帶我們去看。」

支部書記這次倒沒支吾，爽快地說：「那行，地方也不遠，你們跟我來吧。齊書記這

人真是個好幹部啊，每次來我們村，都會親自幫村民幹些農活。」

莫克一行人就跟著來到一塊農地，莫克遠遠地就看到一個幹部模樣的人正赤著腳在田地裏站著，給莊稼澆水呢。

支書看到這個人，就喊道：「齊書記，你趕緊過來，市裏面的莫書記來了。」那個被稱作齊書記的人似乎這時才發現莫克和向發，意外地說：「莫書記，你們怎麼來了？」

說著，也不去穿鞋，就這麼赤著腳從田地裏走了過來，笑著跟莫克和向發握手問好。向發看看齊海，暗自鬆了口氣，心想莫克看到齊海這樣，應該不會再抓到什麼問題了。他十分擔心齊海，生怕因為沒通知他，齊海會闖出什麼禍事來。齊海是他的部屬，如果齊海出了什麼問題，他這個縣委書記也會連帶著被處分的。

在他心中，齊海是個問題分子，所以一路上他的心始終是懸著的，直到看到齊海這個樣子，他的心才落到了實地。

也別說，這齊海還真是有才，竟然會以這種面貌來見莫克。

向發就給莫克介紹說：「莫書記，這位就是馬埔鄉的鄉黨委書記齊海同志。」

莫克有點傻眼，怎麼也想不到竟然真的在田地裏看到齊海，而且還是一副正在幫老百姓幹農活的辛苦樣子。這跟莫克想像中的可是大相逕庭，難道這個齊海真是一個作風優良的幹部？

莫克有點不相信他看到的這一切，便笑笑說：「齊海同志啊，這都過了吃飯的時間，怎麼你還在田地裏啊？」

齊海解釋說：「是這樣子，莫書記，這塊地是我在村裏幫忙認養照顧的，我今天來村裏檢查工作，檢查完之後，就順便過來幫這塊地澆澆水，現在澆了一大半了，我就想等澆完之後再去吃飯，所以就留在這裏了。」

齊海說到這裏，轉頭看了看向發，說：「向書記您也是的，莫書記要來我們鄉，你也不通知一聲，不然我就在鄉裏等著迎接你們了。」

莫克看看還真是遇到了一個工作認真的好幹部了，便說：

「齊海同志，你錯怪向發同志了，是我不讓他通知你的。也幸好沒通知你，不然我怎麼能看到現在所看到的這些呢？我今天真是很高興啊，齊海同志，在你身上，我又看到了我們幹部那種跟群眾打成一片的優良作風啊，很好很好，我要號召全市的黨員幹部都跟你學習。」

齊海對莫克這麼稱讚他，有點不太好意思，忙說：「莫書記，您這麼說我可是承受不起，我也沒做什麼了不起的事，也就是幫忙澆了澆水，小事一件，沒什麼值得宣傳的。」

莫克笑笑說：「不要看不起這種小事，就是這種小事才體現了你為人民服務的精神，我們就是要提倡從小事做起，切實的把這種服務精神融入到我們的血脈當中去。」

齊海看莫克越說越上綱上線，笑容就有點尷尬了，他看看向發，說：「向書記，你看把這事弄的，我都覺得不好意思了。」

向發看莫克這麼表揚齊海，雖然心知肚明齊海並不是莫克想的那種人，但是事已至此，他也是騎虎難下，無法說什麼，只好笑了笑說：

「齊海同志啊，莫書記這是真心表揚你啊，你就不要再不好意思了，太過謙虛可就是虛偽了。」

莫克便對向發說：「向發同志，回頭你把齊海同志的優良事跡總結一下，報給市委。」

向發瞅了齊海一眼，心說這傢伙這次可搞大了，欽城市誰不知道齊海是什麼人啊，也就是莫克新到海川不久，不瞭解情況，才會被騙，上這種惡當。這真要把齊海表揚上去，還不成海川政壇上的大笑話了？

現在莫克不知道，日後肯定會有人告訴他的，到時候，知道真相的莫克一定會惱羞成怒，那樣說不定會遷怒到他身上的。

但是向發也不能揭發齊海，只好變相的提醒莫克說：

「莫書記啊，這個還真是不好總結啊，其實齊海同志平常也沒什麼太出色的表現。這個總結是不是就算了？」

齊海也趕忙說：「是啊莫書記，我真的沒做什麼啊。」

莫克有點不高興了，看著向發說：

「向發同志，你這一點我就不欣賞了，你怎麼就不樂意發揚同志們身上的優點呢？我們需要表揚的不是什麼驚天動地的大事，我們需要發掘的就是生活當中這一點一滴的小事，這些小事雖然看上去平常，卻體現了齊海同志爲人民服務的精神。你明白嗎？」

向發看莫克是認定齊海了，只好笑了笑說：「我明白了，莫書記。」

莫克這才滿意地說：「你明白就好，回頭儘快把齊海同志的事報上來。」

到了這個地步，向發也只好應聲答應了下來。

在回去的路上，莫克心裏充滿了欣喜，他覺得自己發掘到了一個人才，這是一個極爲重大的收穫。也許他這個整頓作風的行動也會跟著齊海的事蹟宣傳，被省裏樹立爲一個典範，他的政績也就可以畫上濃墨重彩的一筆了。

莫克似乎已經看到了自己的仕途一片光明，臉上不自覺的就露出了一抹笑容。

他好久沒這麼暢快了，因爲被海川重機工人圍堵給他心頭帶來的陰霾，也一下子就被一掃而光了。

按照程序，傅華便把海川市決定暫緩重組的決定通知了湯言。

湯言聽完，說：「你知不知道你們市裏面準備暫緩到什麼時候？」

傅華說：「這就要看市裏領導的意思了，我一個小主任不知道那麼多。你湯少不是認識很多關係嗎，爲什麼不去問他們啊？」

湯言有些不高興地說：「傅華，你別說風涼話好不好，難道你就這麼想看我失敗嗎？你們市政府是怎麼回事啊，工人鬧事不就是爲了爭取更好的條件嘛，協商一下，給他們點甜頭就是了，這暫緩算是怎麼一回事啊？」

傅華說：「湯少，這可不是給點好處那麼簡單的，工人們要求保有原來的工廠，希望藉技術革新重新讓工廠煥發新的生機，這你能做到嗎？」

湯言不禁笑道：「技術革新？這些工人們不是說夢話吧？他們拿什麼來技術革新啊？這我當然是做不到啦。你們市裏面就不能想想別的辦法？」

傅華明顯感受到湯言情緒上有些急躁，這與以往湯言的態度可是有點不太一樣。聯想到前幾天方晶專門跑來問重組的事，他敏銳地意識到湯言跟方晶之間一定產生了某種程度上的分歧，方晶可能對湯言有了不信任感，因而湯言才如此急躁。

前面湯言已經拖延了一段時間，現在如果海川市再暫緩重組，湯言恐怕更難向方晶交代了。

傅華婉轉地說：「湯少，市裏面恐怕真是沒別的辦法可想了，現在工人的不滿情緒很大，市裏面也不敢太壓制他們接受重組，怕激起更大的抗爭。」

湯言苦笑了一下，說：「真是被你們害死了，我投了一大筆資金在裏面，這麼拖下去怎麼受得了啊？你跟你們市裏面的領導們說一聲，就說我希望他們儘快想辦法，趕緊穩定工人的情緒，把重組啓動起來。」

傅華只好說：「好的，湯少，我會把你的意見轉達給市裏面的。」

湯言心裏清楚，傅華就是把話轉達給海川市政府，一時之間也沒辦法改變目前這個狀態的，就忍不住發了句牢騷說：「真是邪門啊，傅華，我怎麼遇到你之後，事情就沒有順利的，你是不是我的剋星啊？」

看湯言把重組的不順利歸咎於他，傅華笑說：「湯少，你這話說的可有失公允啊，雖然我們之間有些心結，但是在這件事情上，我是十分樂見你的成功的。上次方晶來打聽重組的事，我可是幫你說了不少的好話。」

湯言冷笑一聲說：「我說嘛，那個女人怎麼態度一下子變了，原來是你在背後影響了她啊。」

傅華笑笑說：「那你是不是該謝謝我啊？」

湯言說：「我謝你幹什麼，現在大家的利益是一致的，幫我實際上就等於幫你自己，我是不會感謝你的。不過傅華，你對付女人還是有一套，這才幾天就又跟方晶勾搭上了，真是厲害啊。」

傅華不高興地說：「你胡說什麼啊，她不過是找我問了重組的事而已。」

湯言說：「她也問了我啊，但是她根本就不相信我，怎麼你一說她就信了？我記得前些日子你們之間還是很敵對的，怎麼她突然就變得這麼相信你了？承認吧，你們之間一定是發生過什麼了。」

傅華生氣地說：「你越說越不像話了，我跟她之間絕對沒有任何不可告人的事。」

湯言笑笑說：「有沒有你自己心裏清楚，我可管不著，不過看在你算是幫了我的份上，我提醒一下你，方晶這朵花雖然嬌豔多金，但是可是朵有毒的玫瑰，你小心花沒摘到手，卻被刺扎傷了手啊。」

傅華無奈地說：「我真是跟你纏夾不清，好了，沒別的事我掛了。」

湯言說：「事倒是沒什麼事了，記得催一下你們市領導啊。」就把電話掛了。

傅華便把湯言的意思告訴金達，金達聽完，也只有無奈地要傅華轉告湯言，讓他再耐心些，市裏會儘快安排的。

傅華也很清楚金達在這件事情上確實爲難，便說道：「行，我會跟他說的。」

金達就掛了電話。

傅華繼續忙他的工作，臨近下班的時候，有人敲門，傅華喊了聲進來，門開了，傅華看到鄧子峰站在門口，趕忙放下了手頭的工作迎了過去，說：

「鄧省長，您怎麼過來了？」

鄧子峰笑著說：「現在就我們倆，你別叫我省長了，你還是跟蘇南他們一樣叫我鄧叔吧，我聽著習慣。這一次我是來北京開會，順便就過來看看你。忙完了沒有？我們去曉菲的四合院吃飯吧。」

傅華笑笑說：「我正想下班了。」

鄧子峰說：「那走吧，本來在你這裏吃也可以，但是我怕有人認出我來，所以還是去曉菲那裏比較好。」

鄧子峰現在是東海省的省長，留意東海新聞的人一定會認識他的。

兩人就去了曉菲的四合院，曉菲幫他們安排了一個雅間，傅華還想叫蘇南來，卻被鄧子峰制止了，他說只想跟傅華聊聊，不要去驚動蘇南。曉菲便給兩人安排了酒菜，三人坐到一起邊喝邊聊。

鄧子峰說：「傅華，我上次輸給你的一百塊，你還保存著吧？」

傅華笑說：「那可是很珍貴的，我當然保存著呢。你看。」

傅華就拿出他的皮夾，展示給鄧子峰看，在皮夾放照片的地方，正夾著鄧子峰輸給他的一百塊呢。

鄧子峰笑了，說：「你還真拿它當回事啊。」

曉菲忍不住說：「傅華，你膽子太大了吧，鄧叔的錢你也敢贏啊？」

鄧子峰說：「這有什麼不敢贏的？願賭服輸，我確實輸了嘛，給錢也是應該的。傅華啊，其實我給你這一百塊錢，心裏還是有些不太甘願的，之所以給你，只不過是想表現一下我的風度而已。現在我到東海正式走馬上任後，才發現你當初跟我說的那些事都很正確，東海省這灣水確實很深啊，別說查辦雲龍公司了，我去海川調研了一次，在金達面前，這件事我連提都沒提。不得不承認，還是你對東海的情勢更瞭解一些，這一百塊我確實該輸啊。」

傅華猜測說：「鄧叔，我覺得您並不是怕才不敢動的，而是想謀定而後動。我猜您剛到東海，第一步先想的一定是先紮根，等根基紮穩了然後再圖其他，對不對啊？」

鄧子峰點點頭說：「你這傢伙，心裏跟明鏡似的，爲什麼就不肯到東海省來幫我呢？我現在在東海可是有點勢單力孤的感覺啊。你那個老領導曲煒倒是一個很得力的人，不過，他跟呂紀書記更親近一些，呂紀書記遲早也會將他帶到省委那邊去的。」

傅華只好說：「鄧叔啊，這個話題我們不談了好不好？您已經去過海川了，對我們市長的印象如何？」

鄧子峰說：「金達這個人還算務實，你對他的評價很中肯，他確實是個很優秀的幹部。也許你說的對，他對雲龍公司的縱容是真的爲了地方上的經濟指標。你放心，我對他會全面的去評估的。對了，傅華，說起海川，有件事我想問你，最近你們駐京辦有沒有一個到北京來上訪的中年婦女？這個婦女是因爲女兒死於非命才來北京的。她的女兒叫褚音。」

傅華想了想，搖搖頭說：「沒有這個人，我印象中並沒有什麼中年婦女來上訪的。」

鄧子峰奇怪地說：「真的沒有嗎？」

傅華肯定地說：「我不會記錯的，真的沒有。」

鄧子峰納悶地說：「不應該啊，她都攔下我的車了，應該是下了很大決心非要把這件事情搞清楚不可，怎麼會沒來呢？誒傅華，那你聽說過這件事情沒有？」

傅華說：「我之前聽說過一些，說是孟森那裏死了一個女員工，這女員工的母親覺得女兒死的蹊蹺，加上有人私下透露這名女員工是因爲陪了省裏來的一個大官才死的，所以整件事透著古怪，估計她是爲了這個才攔您的車的。」

鄧子峰不禁皺眉說：「是啊，她攔下我的車之後，我把她交給海川市公安局處理，結果公安局調查後，說找不到能夠證實這個女人所說的證據，這件事就被擱置了起來。不過，我看那個女人爲女兒申冤的態度很堅決，就想她很可能會跑到北京來。沒想到竟然沒有，難道她放棄了？」

鄧子峰又看了看傅華，說：「傅華，你覺得這個女人說的，是不是真的？」

傅華想了想說：「我覺得可信度應該很高，那個叫褚音的女員工既然是在孟森的夜總會上班，被孟森安排服侍省裏的高官也很正常，加上孟森諸多的反常行徑，一定是爲了掩飾什麼才會那麼做的，所以我認爲這件事百分之百是真的。只是因爲孟森已經湮滅了罪證，所以現在沒有證據能夠證實罷了。」

鄧子峰點點頭說：「你的看法跟我一致，我也認爲這件事十之八九是真的。一個農村婦女若不是真的有什麼冤情，是不太可能敢大著膽子出來攔省長的車的。傅華，這件事你要幫我多留意一下，我覺得那個女人一定不會善罷甘休，她很可能還是會來北京的。」

傅華心想：如果這件事情是真的，涉案的一定是孟副省長。那鄧子峰對這個女人上訪的事這麼關心，就很耐人尋味了，如果鄧子峰能夠抓到證據，就可以順理成章的除掉孟副省長，從而搬開這塊最大的絆腳石。

傅華便趕忙說道：「我會留意的，鄧叔。」

海川市。

欽城市市委書記向發按照莫克的要求，將齊海的事蹟寫成報告，報到了莫克那裏。莫克就把這份報告提交到書記會上，說他發掘了一個優秀幹部，想要把他作爲此次整頓作風活動的模範人物，予以大力表揚。

金達看到報告，沒提什麼意見，莫克既然愛搞這一套，那就讓他搞吧，不值得為了這種小事上跟他爭論什麼。

可是過幾天之後，海川政壇開始有一些怪話傳了出來，這些話說新來的市委書記莫克不過是個花架子，光會搞一些虛假的東西，沒有什麼真本事；還被下面的人騙得一愣一愣的，竟然把一個成天只會喝酒、一點正事不幹的人樹立成工作模範，真是滑天下之大稽。

這話傳到金達的耳裏，金達感覺到有些不太對勁，難道齊海這個人有問題？金達就去找于捷，問于捷說：「老于啊，你對這次莫書記想要表揚的這個齊海怎麼看啊？我怎麼最近聽到了不少傳聞，說什麼齊海只知道喝酒，根本就不是什麼認真的人，這可與報告上的齊海有著很大的出入啊。」

于捷曖昧地說：「金市長，您管那麼多幹嘛啊？人家愛表揚，就讓他去表揚吧，反正也沒我們什麼事。」

金達看于捷表情怪異，就明白這個齊海果真是有問題的，便說：「老于，看樣子你知道齊海這個人？」

于捷說：「我知道這個人，不過不是很熟，以前我在欽城市待過，曾經聽當地的幹部聊起過他。齊海這傢伙是個酒罈子，每頓飯無酒不歡，也因為酒誤了很多事，不過欽城市的領導看他資歷很老，也沒犯過什麼大錯，也就不跟他計較，一直放任著他。你說這樣一個人，怎麼可能做出那些被表揚的事來呢？打死我也不信啊。顯然那份報告中杜撰的成分很大。」

金達不禁問道：「老于，既然這樣，你就應該提醒一下莫書記的，不然莫書記還真的以為他發現了一個優秀的人才呢。」

于捷笑笑說：「我提醒人家幹嘛，人家可是有自己的主張，哪裏還把我們這些人當回事啊？市長啊，這件事情您也甭管了，我們就當站在一邊看戲好了。」

金達不同意地說：「老于，我覺得這麼做是不對的，我們不能這麼看莫書記的笑話，到時候丟人的可不只有莫書記一個，我們這些班子裏的領導都有份的。我看我還是瞭解一下事情的來龍去脈，如果這個齊海真的是名不副實，還是提醒一下莫書記比較好。」

于捷不禁看了一眼金達，說：「金市長啊，你就是心太好了，你忘了他是怎麼對我們的了嗎？再說，這對莫克來說可是醜事一件，你小心提醒他，反而讓他惱羞成怒，對你記恨在心。」

金達為難地說：「那也不能就這麼看著不管，表揚齊海也是我們都同意的，真有什麼責任，我們也需要負責啊。」

于捷莫可奈何地說：「行，金市長，你愛管閒事你管吧，反正我是不會去干涉的。」

金達就把欽城市的市委書記向發找了來，當面逼問究竟是怎麼一回事，向發看瞞不過去，只好承認當天齊海本來是跟村支書在一起喝酒的，聽說莫克來村裏找他，齊海就知道壞事了，他喝得醉醺醺的樣子自然是不能就這麼去見莫克。

幸好這個齊海還有點急智，他就讓村支書趕緊先去應付莫克，他卻去一塊正在澆水的田地裏，把看著澆水的農民打發走，自己脫了鞋在田地裏走了幾步，裝出一副正在澆水的樣子，想說先把莫克這一行人打發走就行了。

沒想到莫克見了，如獲至寶，非要把齊海表揚為模範不可，還要把他的行為彙報給市委，齊海和向發騎虎難下，只好硬著頭皮隨便編了交給莫克。

金達聽完向發說出的真相，真是有些啼笑皆非的感覺，這還真是一場滑稽戲啊。

第九章

兩面手法

想了半天，金達覺得還是跟于捷談一談比較好，比起莫克來，金達認為于捷更可信賴一些。
雖然金達也不是很待見于捷，但是于捷起碼不會玩這種陰一套陽一套的兩面手法。
所以還是把話跟于捷説開比較好，省得誤會。

現在就是要如何提醒莫克的問題了。于捷說的不錯，這對莫克來說，肯定是醜事一件，提醒他，說不定真的會讓他惱羞成怒；但是不告訴他，又會讓海川市委成爲一個笑話，金達決定不管怎麼樣，還是要告訴莫克才對。

只是公開提醒肯定是不行的，那樣等於讓莫克的醜事公諸於眾，即使莫克的涵養再好，也會跟他翻臉的，那就只有私下告訴他了。

金達就打電話給莫克，說有一件事情想私下跟他談談，電話那邊的莫克似乎興致挺高，笑著說：「你過來吧，我在辦公室。」

金達就過去了，莫克正在辦公室批閱公文，看到金達來了，把金達讓到沙發上坐下來，說：「什麼事啊，金達同志？」

金達還真是有點不知道該怎麼跟莫克開口，想了一下，說：「莫書記，我想問您，你對這次表揚的齊海瞭解嗎？」

莫克說：「當然瞭解啦，他的表現我是親眼看到的，確實是一個好同志啊。」

看莫克對齊海讚不絕口，金達有點可憐莫克，這個市委書記做得耳不聰目不明的，都被人家蒙在鼓裏耍了還不自知，難怪會被海川政壇當做一個笑柄呢。

金達暗示地說：「莫書記，有時候眼見也不一定爲實啊。」

莫克笑笑說：「金達同志，我懂你的意思，你是想說這是下面的人安排給我看的，是吧？我跟你說，不是你想的那樣。我可以跟你打包票，這個齊海的事絕對是真的。那天我是臨時挑選了馬埔鄉，齊海同志事先根本就不知道我會去那裏的，所以你誤會下面的同志了。」

金達只好含蓄地說道：

「莫書記，我這幾天聽到了一些對齊海同志不好的傳聞，也向欽城市的同志瞭解了一下，發現他還真是有些問題。您新到海川市不久，對許多事還不太瞭解，所以對一些同志認識上有些偏差也是難免的。」

莫克看金達的臉色很嚴肅，知道金達不是危言聳聽，心裏咯登了一下，難道真是自己搞錯了？

莫克臉色沉了下來，看了看金達說：「究竟怎麼一回事啊？」

金達就把真相告訴莫克，莫克聽了，氣得狠狠地拍了一下茶几，說：

「胡鬧，這個齊海膽子也太大了，竟敢跟市裏玩這種兩面手法！還有那個向發，他看著齊海來騙我也不拆穿，他這是什麼意思啊？他等於跟齊海是共犯，合起夥來欺騙我嘛。」

莫克此時真是肺都氣炸了，原本他還以爲自己十分精明，藉著這個可以換取一點政績。搞到最後卻是一場鬧劇，估計海川政壇上的人都不知道怎麼在背地裏笑話他了。

莫克氣得坐不住，站了起來，在金達面前走來走去，過了一會兒，說：「這件事一定要嚴肅處理，絕對不能允許這種欺騙組織的行爲存在，我認爲有必要跟市紀委說一下，對這個向發和齊海好好處置。」

金達看莫克真是有點氣急敗壞了，竟然還想處分向發和齊海，金達覺得這件事齊海和向發誠然有錯，但是莫克也應該負上相當的責任，所以最好不要把事情鬧得太大，對莫克還比較好。

金達便對莫克說：「莫書記，您先別這麼生氣，冷靜一下。」

莫克沒好氣的說：「我冷靜什麼，這些人連我都敢騙，還有什麼不敢做的嗎？必須嚴懲不貸，絕對不能縱容他們，否則下一次還會有類似的事發生的。」

金達暗自搖了搖頭，心想：這傢伙也就是玩點政治小把戲在行，真正事到臨頭，連起碼的判斷力都沒有了。

金達先把莫克按到沙發上，說：「您稍安勿躁，坐下來聽我把話說完好不好？」

莫克坐了下來，看了眼金達，說：「金達同志，這還有什麼好說的嗎？」

金達耐著性子說：「莫書記，我知道您現在的心情很生氣，說實話，我瞭解了真相之後也很氣憤。但是冷靜下來一想，我們似乎不好太過聲張，如果真的可以大張旗鼓的處分這兩個人的話，我也不會私下跟您談這件事的。我想這裏面的道理，您應該能想明白的。」

莫克被金達的話提醒了，只要一啓動調查，馬上就會搞得滿城風雨，那等於公開的告訴每一個人，他莫克出了這麼大的一件醜事，那他丟的人將會更大了。

可是不處分這兩個人，莫克心中這口氣又咽不下去。莫克苦笑了一下，說：「金達同志，你說的很有道理，那你說我們要怎麼辦好啊？」

金達想了想說：「我想，反正對齊海的表揚還沒有正式公佈，我看就停下來，不要再搞了，就讓這件事情無疾而終好了。」

莫克見也沒有更好的辦法，就說：「金達同志你說的很對，停止表揚的確是最好的處理方式了，對海川市委造成的惡劣影響程度最低，我同意你的意見。」

金達心裏沒好氣地說，什麼對海川市委造成惡劣影響程度最低，我看是對你造成的影響程度最低吧，要不是你急於搞政績出來，也不會鬧出這麼大的笑話。有功勞就是自己的，出了事就是大家的責任，這種人真不知道該怎麼說他才好。

莫克說著，還伸手去拍了拍金達的手，感激地說：「金達同志啊，這次真是要謝謝你提醒我啊，不然我還不知道會鬧多大的笑話出來呢。」

金達笑笑說：「莫書記您客氣了，我既然知道了，就有必要提醒您的。」

莫克又若有所指的說：「謝謝你是應該的，我相信海川市知道實情的人，應該不止你一個吧，但是那些人都不說話，都在等著看我的笑話啊。」

金達看莫克似乎對其他領導有了怨恨之意，便打圓場說：「莫書記，我不過是湊巧聽到了這件事，才查了一下，知道真相的，別的同志可能並不瞭解情況。」

莫克冷笑說：「你不用替某些人掩飾了，我知道他對我很有意見，上次因爲處分雲山縣的孫濤，動了他的人了，他就對我一肚子意見，這次他一定是樂得看我的笑話了。哼，他這人啊，心思就是這麼齷齪。」

金達看莫克竟然在他面前明白的指責副書記于捷，就有些尷尬，趕忙說：「莫書記，我看您真的是誤會了，市裏面的同志對您都很擁護的，絕對不會有看您笑話的這種想法。」

莫克卻說：「你肯定沒有，但是別人就一定有的。據我瞭解，他曾經在欽城市待過，不會不知道這個齊海究竟是怎麼一回事，可是還裝糊塗，就是有意而爲之了。我知道他這個人就是愛搞分化，做海川市委書記的時候，他就曾經跟張琳聯合起來對付你，是吧，金達同志？」

金達心想：莫克對于捷倒是很瞭解啊，竟然連于捷和張琳聯手對付過他都知道。只是金達自然不好承認這一點，加上他也不覺得自己跟莫克是同一陣營的人，就更不好在背後說于捷的壞話了，便笑笑說：

「哪有這種事啊，誰跟莫書記您瞎說啊？」

莫克笑說：「你不願意承認也無所謂，這些事省裏面都傳開了的。反正不管怎麼樣，我們是要警惕那些愛搞不團結的人的。」

金達心裏苦笑了一下，莫克這等於是要求自己跟他聯手對付于捷了。金達就不想再留在這裏了，他可不想真的成爲莫克的盟友，便說道：「莫書記，我要跟您報告的事已經報告完了，如果您沒別的事，我就回去了。」

莫克點了點頭，說：「行啊，你先回去吧，這次真的很謝謝你啊。」

金達回到辦公室之後，一個人坐在那裏苦思，他告訴莫克這件事的本意，是不想看莫克出乖露醜，沒想到莫克最後竟然把他引爲自己人，還在他面前把于捷好一頓批。金達感到十分爲難，莫克的這個態度要不要跟于捷說呢？

說吧，似乎有點挑唆莫克和于捷關係的意思；可是不說，如果讓于捷從別的管道知道了，一定會認爲他跟莫克勾結在一起。

想了半天，金達覺得還是打個電話跟于捷談一談比較好，比起莫克來，金達認爲于捷更可信賴一些。雖然金達也不是很待見于捷，但是于捷起碼不會玩這種陰一套陽一套的兩面手法。所以還是早點把話跟于捷說開比較好，省得將來誤會。

金達就打給了于捷。

于捷接了電話，笑說：「怎麼樣，市長，你提醒我們的莫書記了？」

金達估計于捷肯定在市委那邊看到自己過去了，便說：「提醒他了。」

于捷說：「那他怎麼個反應啊？有沒有非要嫉惡如仇的查辦齊海和向發啊？」

金達笑了，說：「起初他倒是真想這麼做的，但是被我阻止了，最後經過我的勸說，莫書記決定暫停下來，不表揚了。」

于捷冷哼了聲說：「算他聰明！金市長，您也是的，這麼好心幹嘛，就由著他鬧去吧，管他幹什麼啊。」

金達笑笑說：「我們畢竟是一個班子裏的嘛，還是能互相幫助比較好一些。」

于捷不禁說：「市長，您還是厚道啊，問題是您這麼想，他可不一定這麼想啊。」

金達說：「不要管他怎麼想了，我們只管做好自己的本分就好啦。不過，這次我跟莫書記談話，有件事鬧得我挺尷尬的，也不知道該不該跟你說。」

于捷聽了，猜說：「他在你面前說我壞話了吧？」

金達說：「是啊，莫書記似乎對你很有成見，尤其是孫濤那件事。你以後還是多注意一點吧。」

于捷不以爲意地說：「這我知道，他一直因爲孫濤對我耿耿於懷，管他呢，他又不能拿我怎麼樣。反倒是他在海川這種搞法，這個市委書記還不知道能不能做得長久呢。」

金達心說這個于捷更狠，直接就詛咒莫克在海川幹不長久，便說：「老于，別說這種話了，傳出去不好。」

于捷笑說：「我也就是在您面前發發牢騷罷了，其他人我才不會說呢。」

于捷這也是把他當自己人的一種表示，金達看打電話給于捷的目的已經達到了，跟于捷又扯了幾句閒話，就掛了電話。

第二天，莫克就讓表揚齊海的動作停了下來，這件事就算無疾而終了。

海川政壇爲此又傳了好一陣的八卦，全是一些對莫克很負面的說法，莫克的形象再次遭受重創，莫克因此很是喪氣，連一手搞起來的作風整頓工作都不再那麼上心了。

另一方面，莫克也看出來，雖然金達在這件事情上提醒了他，但是金達跟他並不是很親近，金達提醒他，只是不想讓海川市委出醜，而不是真的關心他這個市委書記。特別是在對于捷的態度上，金達並沒有回應他對于捷的抨擊，似乎有點遊移在他和于捷之間，莫克越發真切的感受到他在海川政壇上的孤立。

此外，在家裏面，莫克也感覺自己很孤立。雖然朱欣拒絕了束濤，但是並不表示朱欣這麼做就心甘情願，反而越想越心疼這一大筆本來可以唾手而得的財富，心中自然就有一股怨氣，她氣都是莫克不幫束濤的忙，才導致她失去了這次大好的機會。

於是在家中，朱欣就經常擺臉色給莫克看，動不動就找理由指桑罵槐的罵莫克沒本事，搞得莫克是不勝其煩。

這天，東海省宣傳部冷副部長到海川來檢查工作，晚上莫克在海川大酒店接待他。這個冷副部長在莫克還在省委的時候就跟莫克很熟，算是莫克的老朋友了，現在冷副部長到海川，莫克自然不能不盡地主之誼，於是兩人交杯換盞，難免就多喝了幾杯。酒宴散席的時候，莫克雖然還能勉強撐著回家，卻已經是酒氣熏天了。

朱欣看莫克這副醉醺醺的樣子，很不高興，罵道：「成天就知道喝喝喝，別的屁本事沒有，就會喝幾兩貓尿。」

莫克的神經因為喝多了很興奮，對朱欣的埋怨就不太在意，笑笑說：「省裏宣傳部冷副部長來了，你也認識的，我就陪他多喝了幾杯。誒，我嘴有點乾，給我倒杯水來。」

朱欣很不高興的說：「要喝自己去倒，老娘可不伺候酒鬼。」

莫克眉頭皺了起來，平時沒喝酒的時候，他是絕沒膽量命令朱欣的，此刻有酒壯膽，他就叫道：「叫你倒杯水都不行啊？你沒看我喝多了嗎？我口渴，趕緊給我倒水來。」

朱欣看莫克兩眼發紅瞪著她的兇樣，知道酒鬼真是鬧起來，是不講道理的，就過去給莫克倒了一杯水，狠狠地放到了茶几上。結果放的力氣大了點，水就濺了出來。

莫克看朱欣這個樣子，心中怒火被酒勁直頂到了腦門，此刻再難忍耐下去，便狠狠地一拍桌子，罵道：「你這個臭娘們能不能幹點好事啊？連杯水都倒不好，你還能幹什麼？」

朱欣看莫克竟敢罵她，也火了，叫道：「莫克，你是喝了貓尿不知道自己是誰了吧？睜開你的眼睛好好看看，老娘也是你罵的？」

莫克看朱欣竟然跟他叫起板來，越發火大，大聲叫道：「臭娘們，老子罵你怎麼了？老子不光要罵你，老子還要打你呢。」說完，伸手就狠狠地甩了朱欣一巴掌。

一聲響亮的耳光聲讓莫克和朱欣都呆住了，朱欣沒想到莫克真的敢打他，莫克也沒想到自己真的打了朱欣。從結婚到現在，一直都是朱欣比較強勢，凌駕在莫克之上，只有朱欣欺負莫克的份，還沒有莫克敢打朱欣的時候。

朱欣很快反應了過來，罵道：「姓莫的，你狗屁本事沒有，現在還敢打起我來了，我跟你沒完！」說著，伸手就去撓抓莫克的臉。

莫克因爲喝了酒，反應便遲鈍了些，加上剛才被嚇住了，這一下就被朱欣抓了個正著，臉上頓時出現了三道血痕。

莫克吃疼不過，一把將朱欣摖在那裏，抬手就要再去打朱欣。

朱欣看著他的眼睛，毫不示弱地叫說：「你打啊，有本事你打死我好了，否則我跟你沒完。」

莫克終究是一個書生，並不是那種有暴力傾向的人，打老婆這種事還是做不出來的，就把手放了下來，轉身躲去了書房。

朱欣沒有跟過去糾纏莫克，莫克一反常態敢動手打她，她也有點怕被莫克狠揍一頓，看莫克進了書房，於是躲在沙發那裏痛哭，邊哭邊還咒罵著莫克的八輩子祖宗，好一會兒才哭累了停下來。

莫克在書房裏也同樣在咒罵著朱欣，他看到自己臉上三道血痕，用頭髮也遮不過去，這要他明天要怎麼見人啊？心中更惦記著方晶了。

這一夜，這對夫妻都在怨恨對方，都沒有睡好覺。

早上起床，朱欣連早餐都沒做，莫克也沒心情吃什麼早餐，等司機來接他上班，就上車去了市委。

莫克走後，朱欣才從臥室裏出來，她從鏡子裏看到自己的臉腫了起來，很清晰的一個巴掌印，就跟單位請了假。

臨近中午的時候，朱欣的電話響了，是束濤的電話。

她有心不接，又覺得不太好，雖然朱欣拒絕了束濤，但是在她心裏，仍然對束濤存著一定的想法，便接通了電話，說：

「束董啊，找我有事？」

束濤關心地說：「也沒什麼特別的事，就是今天我去你們單位，他們說朱科長病了，就想打個電話問候一下。朱科長，你這是怎麼了，沒什麼事吧？」

朱欣說：「沒什麼啦，一點感冒而已，加上心裏有點悶，就懶得上班，請了個假，謝謝束董關心了。」

束濤笑了笑說：「朱科長太客氣了，大家都是朋友，互相關心一下也是應該的啊。」

朱欣說：「束董這麼說我就更不好意思了，上次你的事我也沒幫到什麼忙。」

束濤笑說：「朱科長，看你這話說的，我知道上次朱科長是有心想幫忙的，之所以最後沒能幫上，一定是有爲難的地方，這我能理解。」

朱欣嘆了口氣，說：「是啊，束董，我真是想幫你這個忙的，但是我們家老莫有些顧慮，堅持讓我回絕了你。謝謝你能理解我的心情。」

束濤一副不以爲意地口氣說：「沒事的。誒朱科長，心情不好就別悶在家裏了，海川這邊好玩的地方不少，要不出來玩一下，散散心吧？」

朱欣心說：我臉還腫著呢，怎麼去散心啊？便推辭說：「不行啊，束董，我現在頭還暈著呢，還是改天吧。」

束濤也沒堅持，就說：「行啊，那你在家好好休息吧，什麼時間病養好了，打電話給我，我安排帶你看看海川。」

朱欣笑笑說：「行啊，到時候再打電話給你吧。」

朱欣掛了電話，電話這邊的束濤臉上露出了笑容。

束濤對舊城改造項目始終沒有死心，當孟森告訴他，孟副省長現在是自顧不暇，根本就沒辦法出面幫他們跟莫克打招呼爭取項目之後，他的視線再次轉回了朱欣身上。

他相信朱欣絕對是有機可趁的，因爲他看到朱欣聽到他開出條件時臉上露出的貪婪表情，這種表情是騙不了人的，朱欣一定對他開出的條件心動不已。

束濤相信只要某些方面工作做到位，朱欣最終一定會幫他這個忙的。於是在聽到朱欣病了之後，就趕緊打電話來關心她一下，好跟朱欣保持一種緊密的聯繫。

現在看來，這個電話的效果還不錯，朱欣坦誠了之所以沒能幫忙，是因爲莫克的顧慮，而非她不願意幫忙。這給了束濤更大的信心，讓他堅信一定能做通朱欣的工作。

這一天，莫克在海川市委的時間十分難熬，他一直擔心別人會問他臉上的抓痕是怎麼回事，因此見到人就儘量低著頭，一些活動和應酬也被他推掉了，捱到下班時間，就趕緊跑回了家。

晚餐朱欣倒是做了，只是仍然沒搭理莫克，莫克也知道自己有錯在先，簡單吃了幾口飯之後，就躲去書房，也不去搭理朱欣。

這種冷戰的狀態持續了幾天，兩人雖然生活在同一個屋簷下，卻像陌路人一樣。

在這種鬱悶的氛圍中，莫克終於找到了一次去北京的機會，他被通知去北京參加中組部召開的培訓會議。

接到省裏通知的時候，莫克心裏不由得欣喜萬分，他終於有機會去北京見他的女神了。

傅華去機場接了莫克，這是莫克接任海川市市委書記之後首次來北京，傅華不得不鄭重其事的接待他。

雖然他已經跟莫克接觸過幾次，但是兩人並不熟悉，而莫克來海川後又是出了名的難應付，因此傅華不得不小心應付。

不過，看上去莫克的心情還不錯，跟傅華握手的時候還親切的笑了笑，感謝傅華到機場來接他，看上去真是一個很和藹的領導。

到了駐京辦後，莫克參觀了海川大廈，對海川大廈的建設表示了讚許，又表揚了傅華和駐京辦的同志。

當晚湯言就開著邁巴赫來到駐京辦，莫克已經將他要來北京的消息告訴了湯言和方晶，湯言是來接他去鼎福俱樂部的。

已經好一陣子都沒看到湯言開邁巴赫，湯言今天把邁巴赫開來，傅華便明白他是有意而為之，一定是想給莫克一個震懾的。

果然，莫克在聽湯言說這輛邁巴赫竟然要一千多萬的時候，眼睛都睜大了，難以置信地說：「真是不可思議，到底是北京啊，在東海，大老闆們坐個兩三百萬的車就很驚人了，一千多萬，太驚人了。」

到了鼎福俱樂部，方晶已經在大廳等著了。

莫克看到她時，整個人都怔住了，他的女神比他想像的還要美，還有一股成熟女人的韻味，他不僅讚嘆說：「方晶啊，這麼多年沒見，你越來越年輕漂亮了。跟你一比，我覺得自己老多了。」

方晶笑說：「莫書記，你老什麼啊，我看你一點都沒變啊，當年什麼樣子，現在還是什麼樣子啊。」

莫克眼睛亮了一下，說：「真的嗎，我真的一點都沒變嗎？你是哄我開心的吧？」

方晶笑了笑說：「那裏，我可是實話實說的。」

一旁的傅華看莫克興奮的樣子，總覺得他和方晶之間似乎關係並不是那麼簡單。方晶的話，再笨的人也聽得出來，不過是好聽的恭維話罷了，莫克還這麼高興，充分說明方晶在他心中有著很大的分量，要不是傅華知道兩人好多年沒見，他幾乎要懷疑他們是不是有什麼曖昧關係了。

寒暄一番後，莫克就被帶到鼎福俱樂部的餐飲部，由方晶做東宴請莫克。

席間，莫克雖然對湯言說了不少話，但是更多的注意力都放在方晶身上，問了很多方晶從江北省離開之後發生的事情，一副老友相逢的熱情樣子。

莫克這麼熱情，反倒把方晶搞得有點尷尬，她離開後的很多事是不能跟外人說的，因此對莫克的問題大多語焉不詳，閃爍其詞。

晚宴後，湯言就邀請莫克一起去他的包廂玩，公關經理就帶了幾個陪侍女郎進來。湯言示意讓莫克挑選。

莫克有些尷尬，一來在傅華這些下屬面前，他還需要維持形象；二來，這裏還有他心中的女神在呢，他怎麼可以在方晶面前跟別的小姐卿卿我我呢？

莫克趕忙擺了擺手，推拒說：「湯先生，這個就不必了，你知道我們這些幹部是有紀律的。」

方晶在一旁笑說：「莫書記，你別這麼緊張，這些小姐也就是來陪著喝喝酒，助助興的，沒別的意思。」

莫克笑說：「方晶啊，別人不瞭解我，你還不瞭解我嗎？我在這方面一向是很注意的。好了，我們搞個一國兩制吧，湯先生，你玩你的，我就不用了。」

湯言看莫克堅持，傅華也不玩這些，他自己一個人找個小姐在身邊也沒什麼意思，就讓公關經理把人都帶了出去。

沒有陪侍女郎，氣氛就熱不起來，幾個人聊了一會之後，莫克就提出說要回去了，說他明天要參加會議，晚上就不好玩得太晚，湯言也覺得沒意思，就沒留他。

傅華開車送莫克去駐京辦，在路上，莫克看了看傅華，探問說：「傅主任啊，你們駐京辦同志經常會出入鼎福俱樂部這種場合嗎？」

傅華看莫克似乎意有所指，趕忙說道：「我們哪有資格經常出入這種場合？這裏是會員制，會員非富即貴，我們駐京辦還不夠資格的。」

莫克說：「不夠資格也好，俱樂部這種東西，對我們做幹部的是有腐蝕性的，我們要跟它保持距離。」

傅華笑著應承說：「我知道，莫書記。」

第二天，莫克白天都在會議上，晚上會議結束才回到海川大廈，回來不久，方晶就來看他了。

莫克給方晶倒了杯水，笑著說：「方晶啊，士別三日，真是要刮目相看啊，我沒想到你的俱樂部竟然這麼富麗堂皇，投資一定很大吧？」

方晶笑了笑說：「也沒有太多，就幾千萬吧，入不了你的法眼的。」

莫克不禁嘖嘖稱奇道：「幾千萬這麼多?!真是了不起啊，沒想到幾年沒見，你的生意做得這麼大啊。」

方晶謙虛地說：「我這算什麼啊，京城做娛樂業的，比我家底厚的有得是。」

莫克嘆說：「可是在我眼中已經很不錯了，難怪我邀請你去海川發展，你都沒什麼興趣，你在北京這裏的發展是比去我們海川要好啊。」

方晶笑笑說：「也不是這樣，我只是走不開而已。不過，我這次也參與了湯言的重組案。」

莫克看了看方晶，說：「你也參與了海川重機的重組？」

方晶點點頭說：「是啊，我投了一部分資金進去。誒，莫書記，說起這個，我正好有事要問你，我聽湯言說，海川市要暫緩海川重機的重組，究竟是怎麼一回事啊？」

莫克解釋說：「是這樣的，因爲海川重機的工人們提出了許多重組方不可能接受的條件，迫不得已，只好暫緩了。」

方晶聽了說：「是這樣啊，那有沒有什麼辦法儘快啓動重組啊？你知道，這個重組案我可是投了一大筆錢進去的，這麼拖下去，我的損失會很大的。」

莫克心裏是很願意幫方晶這個忙的，可是他也很清楚自己現在是沒辦法讓海川重機重組馬上就啓動的。

莫克歉意的說：「方晶，我是真的很想幫你這個忙，但是現在工人們的反抗情緒很大，市政府這邊也不敢輕易去觸怒他們，沒辦法，只好等一等了。」

方晶問：「你這個市委書記也不行？」

莫克苦笑著說：「你也在政府部門待過，應該知道我這個書記上面還有更大的官在管著呢。真是很抱歉，這個忙我還真是幫不了你。」

方晶笑了笑說：「幫不了就算啦，也沒什麼了。誒，嫂子現在怎麼樣啊，你這次怎麼沒把她一起帶來啊？」

莫克嘆了口氣說：「別提她了，提起來就生氣。」

方晶不禁說道：「怎麼了，我記得以前你們倆的關係挺好的。」

莫克抱怨說：「人都是會變的，現在她整個人都變了，成天就想著怎麼利用我的權勢爲她謀求利益，我來北京之前，她還跟我大吵了一架呢。唉，真是拿她沒辦法。」

方晶很不喜歡男人在她面前說老婆的壞話，當一個男人這麼做的時候，下一步一定會說他婚姻是如何的不幸福，這往往是男人想要勾搭她的前奏。

方晶便笑笑說：「我覺得嫂子那個人還是很不錯的，你對她應該有點耐心才對。」

莫克搖了搖頭，說：「耐心?!我已經耐心了半輩子了，她就那樣子，改不了了。哎，別說她了，說說你吧，你現在怎麼樣?應該有不少追求者吧？」

方晶笑說：「沒有，我現在的主要精力都放在事業上，沒心思去考慮那些。」

莫克心裏多少鬆了口氣，他這次見到方晶，心中是有些自卑的，方晶現在擁有的財富，已經超出了他的想像，他感覺自己很寒酸。原本那種覺得做了市委書記，地位已經高得足以面對方晶的自信完全被打掉了，感覺自己配不上方晶。

但是，儘管自覺不配，莫克也不願意方晶被別的男人所擁有，此時聽方晶說她沒有追求者，讓他鬆了口氣，暫時不需要擔心方晶被別的男人搶走了。

莫克說：「說起事業來，方晶啊，你還真是應該跟我去海川看看的，海川現在發展的很不錯，有很多項目等著投資開發。現在我又在那兒做市委書記，你去的話，我一定會能在很多方面幫你的忙的。怎麼樣，考慮考慮吧？」

莫克再次發出了邀請，是因爲他覺得如果他想親近自己的女神，把她弄到他的地盤上是唯一的機會。如果方晶去了海川，他就有辦法像當初林鈞那樣，幫方晶搞到錢，那時候，方晶就會像對待林鈞一樣，投入到他的懷抱裏的。

方晶仍是笑笑說：「還是等等看吧，我現在真是無法從北京抽身的。」

莫克心中有點失望，說了這麼多，還是沒能說動方晶去海川，看來他的圖謀一時是難以實現了。

莫克只好說：「行啊，你什麼時間想去了，給我個電話，我隨時可以爲你安排的。」

方晶點點頭說：「那我先謝謝你了。」

莫克笑笑說：「跟我還客氣什麼。誒，對了，最近你見過馬睿副部長沒有？」

自從上次方晶想要馬睿陪他，卻被馬睿說了一通之後，兩人的關係冷淡了很多，方晶便說：「沒見過，其實我跟他並不常聯絡的，怎麼，你想找他？」

莫克說：「大家都是江北省出來的人，我來北京，應該去拜訪他一下的。」

方晶說：「是應該去拜訪一下。不過，他的近況我也不是很清楚，你不是有他的聯絡方式嗎？」

莫克說：「嗯，回頭我跟他聯絡看看吧。要不，到時候我約他，我們三個一起吃頓飯吧？」

方晶推拒了：「這就不必了，你知道我是經營娛樂業的，馬睿副部長跟我走得太近的話，會因爲我受影響的。」

莫克點了點頭，說：「你這個顧慮也有道理，我們做幹部的和經營娛樂業的人是不好走得太近。說到這裏，方晶啊，我正好有件事要問你，我們駐京辦的主任傅華是不是經常會去你們俱樂部消費啊？」

方晶愣了一下，沒想到莫克會突然把話題轉到傅華身上去。莫克這麼問是什麼意思？難道想做什麼不利傅華的事？

方晶決定要維護傅華，便說：「咦，你這什麼意思啊？你把我俱樂部的層次也看得太低了吧？你們的駐京辦主任哪有資格常常去那裏消費啊？」

莫克卻懷疑地說：「可是我看他對那裏一副熟門熟路的樣子。」

方晶故作埋怨說：「那是他沾了湯言的光，湯言喜歡在俱樂部談事情，這次海川重機重組，他是海川和湯言居中聯絡的人，就被湯言叫去過幾次，自然對俱樂部的情形熟悉啦。這傢伙有點八股，每次去都是談完事就趕緊閃人，連湯言想給他安排個小姐他都不敢接受的。」

莫克聽了，忍不住笑說：「你別這麼說，幹部本該是守紀律的，傅主任這麼做也是他的本分。」

方晶笑說：「莫書記，你真是會開玩笑，昨晚當著湯言的面，我不好意思說你，現在什麼年代了，我又不是沒見過官員們到了我那兒是什麼德行。行了莫書記，別在我面前裝啦。」

莫克搖搖頭，故作清高地說：「方晶，我知道現在的社會風氣很糟糕，幹部們在私下裏都很不檢點。但那是他們，不是我，你覺得我迂腐也好，膽小也好，反正我就是這個樣子，我有我堅持的原則。」

方晶打趣說：「莫書記，你還是像當年一樣固執啊，也許是我這些年在娛樂界打滾，見到的都是那種沒什麼原則的人，很難見到你這種人，剛才說的話就有點冒犯了。」

莫克笑笑說：「也沒什麼冒犯不冒犯了，現在的風氣就是這樣，你那麼想我也很正常。不過，方晶啊，據我所知，那些陪侍小姐可是不太合法的，這是不是有些不合適啊？」

方晶楚楚可憐地說：「其實我也不想的，但是沒辦法，大家都在做，我不這麼做的話，我的俱樂部就沒什麼客人了」

「這倒也是，不過，你還是應該考慮考慮做別的，比方說去我們海川做個項目什麼的。」莫克趁機說道。

方晶笑笑說：「行了，莫書記，你的盛情邀請我記住了，等過了這段時間，我一定找機會去海川看看的。」

從莫克那裏出來，方晶就回到了鼎福俱樂部。

她這次跑去看莫克，實際上是想看看能不能通過莫克及早啓動海川重機的。當湯言告訴她重組要暫緩後，方晶就覺得她被拖進了泥沼之中，這種暫緩很可能是無限期的，但她的資金不能就這麼無限期的放在那裏不動，必須動起來才能發揮最大的效益，賺取最大的利潤。

再次見到莫克，對方晶來說，是沒什麼驚喜可言的，莫克身上那種有點寒酸的書生氣並沒有改變多少。更可笑的是，還要裝出一副道貌岸然的僞君子樣，讓她十分反感。

想到莫克那麼認真的查問傅華的事，似乎是想針對傅華做些什麼，方晶覺得應該提醒一下傅華，也好讓他對莫克有些防備。

傅華突然接到方晶的電話有些意外，笑笑說：「方晶，你這麼晚找我，有什麼事啊？」

方晶說：「你在哪裡啊？我怎麼去駐京辦沒看到你啊？」

傅華回說：「我把莫書記送回駐京辦就回家了。你去了駐京辦？找莫書記啊？」

方晶笑笑說：「是啊，我們是老同事了，自然有些話要聊一下了。不過，你這個駐京辦主任可有點不太稱職啊，那麼早就跑回家做老婆奴，也不留在那陪陪你們的莫書記？」

傅華笑說：「我跟莫書記並不太熟，留在那也沒話聊，問過他沒事之後，我自然是要回家了。」

方晶說：「不過，我看你們的莫書記似乎對你有些意見啊。」

傅華愣了一下，說：「怎麼了，莫書記不會在你面前說了什麼對我不滿意的話吧？」

方晶笑了笑說：「他倒沒明說對你不滿意，只是問我你爲什麼會對俱樂部那麼熟悉，是不是你經常出入俱樂部啊。」

傅華詫異地說：「莫書記真的這麼問你？」

方晶反問道：「你覺得我會專門打電話騙你嗎？」

傅華笑了，說：「當然不會了，只是有點意外，昨晚我送他回海川大廈的時候，他問過我同樣的問題，我已經跟他解釋過了，怎麼他還會問你？」

方晶分析說：「那自然是他信不過你了。傅華，你老實說，是不是有什麼地方得罪莫克了？」

傅華納悶地說：「沒有啊，我是什麼身分，一個小小的駐京辦主任而已，怎麼敢惹到市委書記的頭上呢？再說，我跟他接觸的機會並不多，也就是湯言去海川，一起吃過兩次飯，再就是這次他來北京而已。我應該沒什麼得罪他的地方啊？」

方晶說：「反正你自己小心些吧，我看他問這些問題的時候，態度是很嚴肅的，不像是隨便說說的樣子。」

傅華感激地說：「我心中有數了，謝謝你啦，方晶。」

方晶笑笑說：「別客氣，大家都是朋友嘛，提醒你一下是應該的。再說，我這個老同事人挺愛裝正經，我也挺煩他的。」

傅華開玩笑說：「是嗎，我看他倒是很喜歡你，看你的眼神都是那種充滿了愛意的目光呢。」

方晶叫說：「什麼充滿愛意啊，叫你說的我渾身雞皮疙瘩都起來了。傅華，我警告你啊，你可別瞎猜，對你們市委書記，你也能隨便說這種話嗎？」

傅華知道自己說的話有點過頭了，便趕忙抱歉地說：「不是，我就是跟你開個玩笑罷了，在別人面前我可不敢這麼說的。」

方晶這才轉怒爲喜說：「我很高興你拿我當做可以隨意開玩笑的朋友，不過這種玩笑真是不能隨便開的，傳到莫克的耳裏，對你會很不利的。我擔心是不是就因爲你在莫克面前不夠檢點，他才會想要查你的。」

傅華聽了，不敢再嘻皮笑臉了，說：「我會注意的。」互道再見，就掛了電話。

方晶把電話收了起來，心裏不免有些感慨，傅華過的這種生活似乎也不錯啊，每天守著心愛的女人，應該很幸福吧？相較起夫妻相守，鶼鰈情深，方晶覺得自己雖然坐擁大筆的財富，卻是孤零零的一個人，心中多少有點羨慕起傅華和鄭莉這對夫妻了。

第十章

故弄玄虛

無言道長看了朱欣一眼，欲言又止地說：

「我倒是看出來一點，不過，這可能涉及到你家中的隱私，不說也罷。」

朱欣愣了一下，懷疑地說：

「道長，你不會是沒真本領，就來跟我玩故弄玄虛這一套吧？」

海川，上午九點，束濤去朱欣家中接了朱欣，開著車就往海平區趕。

適逢週末，束濤要帶朱欣去海平區無煙觀。

朱欣在臉上的巴掌印消了之後，就恢復了上班，束濤幾次打電話邀她出來散心，還跟她講了無煙觀無言道長的神通，說是連孟副省長對他都很推崇，常常打電話來求無言道長指點迷津。朱欣就有些動心，想要去看看無言道長。

她跟莫克關係搞得這麼僵，尤其是莫克越來越不受她控制，甚至還動手打她，她感覺自己陷入了前所未有的困境，就很想向無言道長求教一下，該如何來解決目前的僵局。

一個小時後，車子到了無煙觀，束濤和朱欣下了車。

朱欣對束濤說：「束董啊，我們先說好，見了無言道長後，你可不能洩露我的身分，傳出去，對我們家老莫不好的。」

束濤說：「我就說你是我的朋友，總行了吧？」

朱欣笑著點了點頭，說：「行，就這麼說吧。」

二人進了無煙觀，無言道長看到束濤，招呼道：「束董，怎麼有空到我這小觀來了？」

束濤笑笑說：「我陪一個朋友出來玩，經過這兒，就進來跟你討杯茶喝，行不行啊？」

無言道長笑說：「行啊，怎麼不行，你束董來我這裏，我是蓬蓽生輝啊，請，請。」

束濤就和朱欣坐了下來，道童給兩人遞上了茶。

無言道長上下打量了一下朱欣，轉頭對東濤說：「東董啊，你這位朋友臉上有鬱鬱之色，似乎最近遇到了什麼煩心的事了。」

東濤趕緊否認說：「道長，你可別瞎說，我這朋友只是跟我出來逛逛海川的風景，什麼都挺好，沒什麼事的。」

無言道長笑了笑說：「有沒有事，就要問你這位朋友自己了，要不，你讓你這位朋友寫個字給我看看，我看看她究竟是有什麼問題。」

朱欣已經聽東濤說過無言道長測字的神通，也有心試一試，便說：「道長，我聽東董說過你的測字本領，你是不是真的這麼神通啊？」

無言道長笑笑說：「是不是真的這麼神通，我自己說了是不算的。」

朱欣問：「那誰說了算啊？」

無言道長笑說：「當然是由你說了算啦，你不妨試一下，如果不靈，我當然就沒什麼神通了。」

朱欣莞爾笑道：「道長這麼說，我還真是要試一下了。」

無言道長說：「那就請賜字吧。」

道童就拿來紙筆，讓朱欣寫字，朱欣想了一下，在紙上寫了自己的姓——朱，然後遞給無言道長。

無言道長把朱欣寫字的紙接過去看了一眼，連忙站起來，衝著朱欣恭敬地說：「原來是位貴人，剛才真是失敬了。」

朱欣笑說：「道長別鬧了，我算是什麼貴人啊？」

無言道長說：「『朱』指的是紅色，古代只有王公貴族才能用紅色，這位大姐一來就寫了個『朱』字，說明你一定是來歷不凡，如果我猜得不錯的話，你家裏一定是有人做大官的。」

朱欣暗道這傢伙還真是有點道行，我不過只是寫了一個字，他就測出來我家裏有人在做官了。

朱欣便說：「道長，你先別說這些了，也沒什麼官不官的。你剛才不是說我遇到了什麼煩心的事嗎？我們還是來說說這個吧，你能看得出來我遇到了什麼煩心事嗎？」

無言道長看了朱欣一眼，欲言又止地說：「我倒是看出來一點，不過，這可能涉及到你家中的隱私，不說也罷。」

朱欣愣了一下，懷疑地說：「道長，你不會是沒真本領，就來跟我玩故弄玄虛這一套吧？」

無言道長搖搖頭說：「這位大姐，我是從這個『朱』字上知道你現在心中很苦，不過，我勸你有些事情忍一下就過去了，別太在意了。」

朱欣的心忍不住一跳，無言道長的話說得含含糊糊，卻正說中她的心病，這越發勾起她的好奇心來了，便說道：

「道長，你別話說半截啊，什麼事情說明白，要不然我怎麼判斷你測得到底是不是靈驗啊？」

無言道長看了朱欣一眼，說：「這位大姐，我想你很明白我說的是什麼，不一定非要我說出來吧？」

朱欣不滿地說：「道長，你別跟我打啞謎了好不好？什麼叫我心裏明白啊？我不明白，你有話明說好了。」

無言道長說：「這位大姐，你一定要我說？」

朱欣執意地說：「一定要你說。」

無言道長就轉身對東濤說：「東董，我下面要跟這位大姐說的事，都是她家裏的私事，你在旁邊聽似乎有些不便，所以要請你回避一下。」

東濤立即站了起來，說：「行，你們倆談吧。」東濤就走了出去。

朱欣盯著無言道長說：「道長，現在東董已經不在這兒了，你是不是可以說了？」

無言道長正色說：「說倒是可以說了，不過，有些話可能不是你愛聽的，希望我說出來你別生氣。」

朱欣答應道：「好，你就說吧，我不會生氣的。」

無言道長就開始說了：

「你看，這個『朱』字呢，上半部是不是很像『看』字的上半部？」

朱欣點點頭說：「你不說我還真沒注意，是有點跟『看』字的上半部很像。」

無言道長接著說：「這就對了，你寫這個『朱』字，看似無意，實際上是帶有天機的，它說明了你之所以能成為貴人，是因為你慧眼識人，嫁了一個很有本事的老公，你現在所享受的尊貴，完全是因為老公的緣故。」

朱欣冷笑一聲，說：「他很有本事嗎？這不見得吧？」

無言道長笑說：「他有沒有本事我不知道，不過從這個『朱』字上看，是這樣的。要不，你告訴我他是做什麼的，然後我們再來評判一下他是不是有本事。」

朱欣自然不好說出她老公莫克是海川市委書記，那樣就洩露了她的身分了，便說：「好吧，我老公在你們眼中確實算是有本事的人，雖然我不那麼覺得。」

無言道長說道：「不用說，大姐你是有些看不起你老公的，這可能也是因為你在你老公起步的時候，幫了他很多的緣故吧？」

朱欣點點頭說：「道長說的沒錯，我老公家裏很窮，是我們家出錢給他讀書，他才能有今天的，所以可以說，沒有我，他根本就成不了氣候。」

無言道長卻搖搖頭說：「你對你老公這個態度可不行啊，這可能就是你煩心的根源了。就算你幫過他，你也不能把這件事掛在嘴邊一輩子啊，你要知道，你老是一再提起這件事，只會讓他厭煩，而不會讓他想起你對他的好的。」

朱欣苦笑了一下，說：「這倒是，他現在越來越嫌我煩，也越來越不尊重我了。」

無言道長勸說：「你應該要好好對他，才能改善你們夫妻的關係，而且你要小心些，你看這個『朱』字，中間是不是一個失去的『失』字啊？」

朱欣說：「是啊。」

無言道長說：「這說明你已經失去了你老公的歡心了，而且最危險的是什麼，你知道嗎？」

朱欣不解地問說：「是什麼啊？」

無言道長警告說：「最危險的是，除了你之外，你老公心中已經有了別的女人了。」

朱欣簡直驚呆了，沒有人知道莫克心中喜歡別的女人這件事，這個無言道長竟然張嘴就說了出來，這也太神了吧？

朱欣趕緊問道：「道長，你是怎麼看出來的？你是怎麼知道我老公喜歡別的女人了？」

無言道長笑了笑說：「就算我之前不知道，現在你在我面前的這個樣子，也清清楚楚的告訴我你老公的確是有外遇了。」

其實無言道長純粹是歪打正著，被他矇對了，他之所以說朱欣老公外面有了女人，是因爲女人會煩心的事本來就是那幾件，而老公出軌往往是排在第一位。無言道長已經知道朱欣心情不佳了，自然一詐一個準。

無言道長故意透露玄機說：「我也是從這個『朱』字上看出來的，你看這『朱』字的中間，是不是一個『二』、一個『人』啊，這說明什麼，說明你老公心中有兩個女人。這表示你老公對你現在已經沒什麼好感了，第二個女人又在這個時候出現，他心中一定是更喜歡這第二個女人，對你自然是越發的厭煩了。」

朱欣頻頻點頭說：「是啊，道長，他對我的態度真是越來越差了，前幾天還動手打了我。」

無言道長嘆說：「冰凍三尺非一日之寒啊，這也是你老拿你過去幫過他這件事來壓他所造成的後果啊。你要明白，他已非昔日吳下阿蒙了。」

朱欣懊惱地說：「我現在明白了，道長，那你說我應該怎麼辦啊？」

無言道長說：「怎麼辦，就要看你自己了。」

朱欣不解地說：「看我自己？你要我怎麼做？」

無言道長說：「說起來很簡單，今後你要好好對待他，想盡辦法討好他，這樣也許你會挽回他的心，讓他不再去跟那第二個女人勾搭。」

朱欣苦笑說：「道長，你看我這個樣子，我已經是昨日黃花了，我就是再想盡辦法討好他，也挽不回他的心啊。你這個辦法肯定是行不通的，你說還有沒有別的辦法啊？」

無言道長想了想說：「別的辦法嗎？不是沒有，但是並不是什麼好辦法，你還是不要知道的好。」

朱欣央求說：「道長，我已經夠可憐的了，你就告訴我吧，是不是好辦法，我自己會判斷的。」

無言道長規勸說：「你現在唯一的出路，就是在你老公沒離開你之前，儘量多爲自己爭取一些利益，這樣，到最後你才不至於竹籃打水，一場空啊。」

朱欣認同地點點頭說：「道長，你說得對，我是需要爲自己好好打算了。」

從無煙觀出來，朱欣的臉就一直是陰沉著，一路上鬱鬱寡歡，也不說什麼話，似乎在思考什麼。

東濤在一旁看她的臉色十分難看，也不敢去問爲什麼，就這樣回到了海川市區。

進了市區後，東濤看看時間，已經十一點多，到了吃飯的時間，便問朱欣：「朱科長，中午了，我們找個地方吃飯吧？你有沒有喜歡的餐廳？」

朱欣說：「是該吃飯了，不過我到海川時間不長，哪家餐廳好吃我並不清楚，還是東董你來安排吧，我聽你的。」

束濤想了想說：「那就去『大海居』吧，那家餐廳在海邊，可以看海景，海鮮也很新鮮。」

朱欣笑笑說：「行啊，就去那兒吧。」

「大海居」是一家建在海邊的酒店，向海的一面有很大的落地窗，坐在這裏吃飯，窗外的海景一覽無餘，是一個賞心悅目的好地方。

坐下來後，束濤點了幾樣剛從海裏打上來的魚貨，然後問朱欣喝什麼酒，朱欣想了一下，說：「來點白酒吧。」

束濤就開了一瓶白酒，給朱欣把酒倒上後，束濤就說：「朱科長，我們認識這麼久，還是第一次在一起喝酒，來，這杯我敬你。」

朱欣端起酒杯跟束濤碰了一下，笑笑說：「束董客氣了。」

兩人各自喝了一口，然後開始吃菜。

吃了一會兒，束濤看朱欣的心情仍然沒有好轉，便說道：

「朱科長，我現在有點後悔帶你去無煙觀了，看樣子，那個無言道長一定對你說了什麼令你不開心的話，才害得你到現在都悶悶不樂的。你看，我本來想讓你出來散散心的，結果卻給你添堵了，真是有些不好意思啊。」

朱欣笑說：「東董，你不用不好意思，我沒有因爲無言道長的話不開心，而是他的話讓我思考了很多。說起來，這個無言道長確實很有神通，他說的很多情形都是對的，也讓我想通了不少事，對我的幫助很大。東董，謝謝你幫我引薦了這麼個人。」

東濤忙說：「看你這話說的，說謝謝就見外了，只要能對你有幫助就好。」

朱欣感激地說：「確實很有幫助。誒，東董啊，我記得上次你跟我說，如果能幫你們招攬工程，可以拿到百分之五的提成，這是真的嗎？」

東濤愣了一下，他對朱欣一下子把話題轉到提成上很是意外，似乎朱欣對他的態度改變了，不再拒絕，而是打算幫忙的樣子。

東濤心裏自然是很高興，他笑笑說：

「那當然是真的了，這是做工程這一行的慣例，大家都是這麼做的，我不會騙你的。朱科長，說到這裏，我上次跟你說的那件事，你還是考慮考慮吧，那可是對我們彼此都有好處的。如果你覺得我開出的條件不行，我還可以再往上加一點的。」

朱欣表情認真的問說：「東董，那我怎麼能確保這筆提成一定能拿到呢？」

東濤又愣了一下，朱欣這一次連掩飾都不掩飾了，直接開門見山地就問他最重要的問題。

是啊，條件開得再高，如果拿不到也是空的，朱欣提出這個問題，說明她已經開始考慮實際面了，看來一定是有什麼事刺激到她，讓她不再像以前那麼顧忌了。

束濤知道必須打消朱欣的顧慮，便笑笑說：「這當然有辦法保證。我們可以簽合約，明確雙方的權利義務。」

朱欣笑說：「合約不過是一張紙而已，再說，這本身就是不合法的，你如果不履行，難道我能拿著合約跟你打官司不成？」

朱欣很清楚，她這個市委書記夫人如果簽下這種合約，根本就是索賄的證據，如果鬧到法院，錢還沒拿到，她和莫克就會被抓起來啦。

束濤立即保證說：「我怎麼敢不履行呢？你忘了，莫書記可是對這個工程有很大的控制權，我如果不給的話，那就是給我自己找麻煩，他隨便挑出個什麼毛病來，都夠我喝一壺的。」

朱欣態度強硬地說：「那些我不管，我只想我拿錢的時候不要有麻煩。束董，你看能不能這樣，假設我能幫你們把舊城改造項目拿下來，在事情確定的時候，你就把這百分之五的錢給我，可以嗎？」

束濤再次被朱欣的話呆愣了一下，這個女人還真是貪心，一來就想先把百分之五的提成先拿走，這可是很大的一筆錢啊，一下子怎麼能湊得出來？再說，一開始就把提成拿走，後續萬一有什麼變故怎麼辦啊？

束濤有些為難地說：「朱科長，這可是很大一筆錢，如果馬上就把它抽出來給你，那我集團的業務就要整個都停頓下來了。再說，一下子調動這麼大一筆資金，一定要有一個正當的名目，否則立即會被相關監管部門盯上的，你也不想被查出什麼來，是吧？」

朱欣是搞審計的，知道束濤說的也是事實，巨額的資金調動必然要走銀行，那就一定會留下資金流動的痕跡，等於是留下證據給監管部門，這並不是一件好事，於是說道：「束董，你說的有道理，我希望這筆錢是安全的。這樣吧，我也不跟你討價還價了，你就直接說吧，第一筆能幫我安排多少？」

束濤想了想，說：「在確定工程真的是由城邑集團得標的時候，我可以先想辦法給你百分之二的金額，你看可以嗎？」

朱欣心裏清楚，就算是百分之一，也夠她吃喝一輩子的了，便點點頭說：「可以，那剩下的呢？」

束濤說：「剩下的，就根據工程的進度，分四次付給你吧，在工程進行中間付三次，結束的時候付清，這些都會在合約中寫明的，你看怎麼樣？」

朱欣爽快地說：「行，那束董，你安排人把合約先擬好吧。」

束濤不禁看了看朱欣，說：「朱科長，你真的有把握能幫我們拿下舊城改造項目？」

朱欣笑笑說：「束董，那就是我的事了，反正如果你拿不到這個工程，也不需要給我錢，你還有什麼可擔心的呢？」

束濤笑了，說：「這倒也是。」

朱欣高興地說：「行了，該談的我們都談好了，來，束董，我們碰一下杯，預祝我們合作成功。」

束濤也很高興，舉杯說道：「合作成功。」

兩人就碰了杯，朱欣帶頭把杯中酒給喝光了。

束濤笑著說：「原來朱科長這麼豪爽啊，以後可要多跟你喝喝酒了。」

朱欣說：「束董，別那麼多廢話，先喝了再說。」

束濤便也把杯中酒給喝了，又給朱欣倒滿了酒，說：「這一杯我敬朱科長，城邑集團一切都仰仗你了。」

朱欣把酒給喝了，說：「束董，你放心吧，我既然答應了你，就一定有辦法做到的。」

束濤笑笑說：「那我就等著聽朱科長的好消息了。」

酒宴結束的時候，束濤已經有點微醺了，他把朱欣送回去後，就去了城邑集團。

到了辦公室，他坐下來第一件事就是打電話給孟森。

束濤很高興地說：「孟董，好消息啊，我在朱欣身上花的心思總算是沒白費，剛才她答應我，一定幫我們拿下舊城改造項目了。」

孟森笑了，他很清楚朱欣爲什麼會突然改變態度，因爲東濤和朱欣剛離開無煙觀，無言道長就打電話過來，把事情的經過告訴他了。

孟森裝著糊塗說：「是嗎，東董，這可真是好消息啊。你是怎麼做到的？」

東濤興奮地說：「說起來，這都是無言道長的功勞，我不是跟你說過，我今天要帶她去見無言道長嗎？到了那裏之後，道長私底下也不知道都跟她說了什麼，反正從無煙觀出來，朱欣就悶悶不樂的；中午吃飯的時候，她就開始問我幫我們爭取舊城改造項目的條件了。」

孟森暗自竊笑，無言道長跟她談了什麼，你不知道我知道啊，是我把你要帶朱欣去無煙觀的消息提前告訴無言這傢伙的，也是我讓他想辦法讓朱欣改變主意幫我們的。

孟森這時候更關心的是朱欣都開出了什麼條件，便問道：「朱欣都跟你談了什麼條件？有沒有在我們開出的條件上再加碼啊？」

東濤說：「加碼倒是沒有，只是她希望在我們拿到工程之後，馬上就先付給她總額的百分之二。」

孟森說：「這無所謂，反正都要付的，她要就給她吧。」

東濤笑笑說：「我也是這麼認爲，反正我們拿項目都是有前期費用的，這個就當是前期費用好了。既然你同意，回頭我就按照朱欣的意思，擬一份合約出來，到時候跟朱欣簽了。」

孟森同意說：「簽吧，我沒意見。」

那邊朱欣回到了家，看了看家中從省城搬來的舊傢俱，這些傢俱雖然買的時間並不久，但是看在朱欣的眼中，卻已經有了幾分破敗的氣息了。

她心說：等拿到了第一筆錢，就先把這裏徹底給換了，買些高檔的傢俱，配上最新的家電，體驗一下真正有錢人過的都是什麼日子。然後再買部車，不用再去擠什麼公車啦。話說她好歹還算是正經八百的市委書記夫人，出入也應該有部小轎車代步了。

她再也不想像以前那樣，過那種窮酸日子了，她要逼著莫克幫她狠狠賺上一筆，賺夠下半輩子的養老錢，到時候就算是放莫克自由，她也無所謂。

一想到莫克，朱欣心中泛起了一絲酸楚，莫克跑去北京，一定會跟方晶見面的，也許此刻莫克正在跟那個狐狸精卿卿我我呢。

這傢伙日子倒過得很美，決不能讓他這麼自在，等他從北京回來，自己一定要跟他徹底攤牌。

朱欣在心裏暗自發誓：莫克，這都是你逼我的，我就不信你真的不怕我將你的醜事公諸於眾，到時候我看你這個市委書記還有什麼面目留在海川？就算你真的不怕，難道你也不怕被方晶這狐狸精知道，你因爲嫉妒才告發林鈞的？恐怕到時候方晶也不會放過你的，你再想跟人家雙宿雙飛，門都沒有！

朱欣冷笑一聲，就抓起電話打給莫克，她決定馬上就跟莫克攤牌，此刻她的心情不痛快，也不想讓莫克跟沒事人一樣，和方晶在一起逍遙快活。

莫克接了電話，一開口就語氣很差的說：「朱欣，你打電話給我幹嘛？」

朱欣火大地說：「我打電話給你幹嘛？我是你老婆，你說我打電話給你幹嘛？你去北京這麼多天，連個屁都不放一個，是不是跟方晶那個狐狸精逍遙快活的忘記家裏還有個老婆了？」

莫克急了，說：「朱欣，你別胡鬧，我現在跟馬副部長在一起吃飯呢。」

朱欣哼了聲說：「你跟馬副部長吃飯怎麼啦？吃飯我就不能講話啦？你把電話給馬副部長，讓我跟他講講你跟方晶的浪漫故事，好不好啊？」

對朱欣的無理取鬧，莫克幾乎無力招架，只好壓抑心中的不悅說：「朱欣，你究竟想幹嘛，我跟你說，馬副部長這兒可不是你胡鬧的地方。」

朱欣聽了，笑笑說：「我胡鬧了嗎？沒有哇，我只是把你的情形如實跟馬副部長反映一下而已。要不，你掛了電話，我自己打電話跟馬副部長說，反正我也有他的號碼。」

莫克看朱欣拿出一副要跟他一拍兩散的架勢，有點慌了，他還真擔心朱欣把他暗戀方晶的事跟馬睿說，語氣便軟了下來，說：「朱欣，有話你就直接說，別拿馬副部長來說事。」

朱欣看莫克語氣和緩了下來，笑說：「你這個態度就對了嘛，我是有事要跟你說，我今天去見了束濤了，我已經答應他，會讓你幫他拿下舊城改造項目，我想你對此應該也會同意的吧？」

莫克一聽，叫說：「什麼我會同意的，胡鬧！我不是告訴過你，這件事我是不會幫你的嗎？」

朱欣嘲諷地說：「莫克，你沒搞錯吧？我們家什麼時候輪到你來做主了？你給我老老實實聽著，這件事我已經答應束濤了，你聰明的話，就想辦法幫束濤拿下這個項目，那樣的話，你愛跟方晶怎麼風流我都不管，否則的話，你可別怪我對你不客氣。」

莫克強硬地說：「不行，別的事我都可以答應你，唯獨這件事我說不可能就是不可能，你要不客氣就不客氣吧。」

朱欣絲毫不擔心地說：「莫克，你是不是覺得我拿你沒辦法啊？你信不信我馬上就打電話跟方晶說，當初是你出賣了林鈞的？我真的很想看看方晶如果知道是你出賣了她的情人，會是怎麼一副表情啊？」

莫克整個人愣住了，沒想到朱欣會使出這一招來，氣急敗壞地說：「你……」

朱欣笑笑說：「你什麼你啊，要不，你把電話給馬副部長也行啊，我記得馬副部長是林鈞一手提拔起來的，要是他知道是你出賣了林鈞，嘖嘖，又會是什麼表情呢？」

莫克不禁叫說：「你，你這個女人，真是惡毒啊。」

朱欣冷笑一聲，說：「我惡毒?!莫克，這我可擔不起，你爲了一個女人竟然出賣賞識你的林鈞，我看你的惡毒比我要厲害得多吧。」

莫克氣勢軟了下來，說：「行，算我怕你了，這件事等我回海川再商量吧。」

朱欣卻不想等莫克回來再談，現在莫克人在北京，如果莫克真的不屈從，她便直接把莫克的醜事捅給馬睿和方晶知道，讓他再沒有顏面再去見這些人，於是她說：「不行，我現在就要結果，你到底答不答應?給句痛快話。」

莫克沒好氣的說：「朱欣，你別太過分啊，就算我現在答應你，事情不也得等我回去才能處理嗎？」

朱欣咬住不放地說：「你就說你答不答應吧？」

莫克怕朱欣真的鬧起來，心說：不管怎麼樣，先穩住她再說，便嘆了口氣說：「行了，我答應你就是了。」

朱欣怕莫克隨口敷衍她，便又說：「莫克，這話可是你說的，你可別過後反悔，如果你反悔的話，我一定會豁出去，跟你拚個你死我活的。」

莫克冷冷地說：「行了，我答應你自然不會反悔的。我要掛電話了，馬副部長還在等著我呢。」

朱欣說：「行，既然這樣，你就趕緊去吧。」

莫克掛了電話，回到雅間，馬睿見他臉色難看，不禁問說：「怎麼回事啊，一個電話怎麼打這麼久啊？」

莫克強笑了一下，說：「沒什麼事，老婆打來的，女人家就是讓人心煩，囉裏囉嗦的一大堆。」

馬睿聽了，笑說：「女人都是這樣的，行了，別管她了，來，趕緊坐下來喝酒。」

莫克就坐了下來，馬睿端起酒杯，笑笑說：

「老莫啊，我今天見到你真是很高興，我們都是林省長的部屬，算是一個戰壕的戰友，現在看到你終於出人頭地了，我心裏很欣慰啊，我想，林省長要是活著的話，也會爲你高興的。來，爲了林省長，我們乾了這杯。」

聽馬睿提到林鈞，莫克臉紅了一下，不過瞬間就恢復了正常，笑笑說：「是啊，林省長真是一個好領導啊，我到現在都不敢相信他會出那種事。」

馬睿傷感地說：「別說這些令人傷心的事了，喝酒，喝酒。」

吃了口菜，馬睿又說：「老莫啊，今後你們海川如果有什麼事牽涉到我們部門，你就直接來找我好了，我一定會全力幫忙的。」

莫克笑笑說：「那我先謝謝馬部長了，來，這杯我敬你。」

兩人又乾了杯酒，閒聊了起來。

莫克把話題轉到了方晶身上，說：「部長，方晶你還記得吧？」

馬睿說：「我當然記得了，因爲林省長的關係，她有些事情會找我幫忙。你的電話就是我給她的，那次她說在東海有點事情，問我東海有沒有熟人，我就把你的電話給她了。怎麼，這次你來北京見過她了？」

莫克說：「我去過方晶的俱樂部了，不是一般的氣派啊，看來這些年方晶發大財了。」

馬睿笑笑說：「鼎福俱樂部在北京很有名氣的，不過那裏是娛樂場所，這種地方，我們應該儘量少去，我也就是它開幕的時候，被方晶拖去參加了開幕剪綵，再就沒去過那裏了。老莫啊，我希望你也儘量少去，免得真要碰上個什麼事，說不清楚的。」

莫克點點頭說：「部長說的對，那裏確實是花天酒地，不適合我們這種身分的人去的。上次是方晶安排在那裡給我接風，公關經理還想給我安排陪酒女郎，可把我嚇壞了，趕緊拒絕了。」

馬睿笑說：「對啊，我們做幹部的，怎麼能接受那種招待呢？」

接下來的幾天，莫克的心情都很差，他不知道回去後應該怎麼面對朱欣，是接受朱欣的要脅呢，還是拒絕？

他知道自己沒有多少本錢可以拒絕朱欣，且不說拒絕的話，朱欣會把這件事告訴方晶，如果朱欣把這件事公諸於眾，他就徹底完蛋了。

可是接受朱欣的要脅，莫克又些擔心一旦開了這個頭，以後這個女人會沒完沒了，他就永無寧日了。

莫克心情不好，害得傅華也小心了起來，他已經從方晶那裏得知莫克對他很不滿意，現在莫克成天擺著張臉，傅華就很擔心他找駐京辦的麻煩，這幾天對莫克的接待異常的小心。

幸好莫克這次待的時間不長，總算捱到了莫克回海川的日子。莫克上飛機的時候，還稱讚傅華接待工作做得很好，看來是虛驚一場。

莫克是上午十點多回到海川的，他也沒回海川市委，直接回了家。他現在最大的問題在家裏，他需要趕緊回去搞定這一切。

朱欣看到莫克，就冷嘲熱諷地說：「怎麼樣，這次在北京是不是玩得很爽啊？方晶那個小狐狸精有沒有多陪陪你啊？」

莫克瞪了朱欣一眼，說：「朱欣，你別太過分啊，我跟方晶什麼都沒有。」

朱欣不禁說道：「不會吧，難道你這次跑去北京，竟沒能沾上這狐狸精？誒，莫克，你太沒用了吧，你現在總算也是一個地級市的市委書記了，怎麼連這麼一個女人都搞不定啊？是不是人家還嫌你不夠分量啊？」

莫克安撫說：「朱欣啊，我們也算做了半輩子的夫妻了，雖然有些分歧的地方，但是我並沒有改變現狀的想法，我還是打算跟你繼續過下去的，所以你別無理取鬧了，好嗎？」

朱欣笑了，說：「莫克，你這話說的真是好聽啊，你自己心裏想著別人，還來說我無理取鬧，真會惡人先告狀啊。」

莫克見說不通，也火了，說：「你聽不明白我的話嗎？我說了，我跟方晶之間沒有什麼的。」

朱欣毫不示弱，衝著莫克喊道：「就算你真的沒跟那狐狸精上床，也不代表你心裏不想這麼做。你現在是害怕我把你的醜事捅出去，才說那些好聽的話，你打我的時候，那個威風勁哪裡去了？你敢說那個時候你也沒想過改變現狀？」

莫克說：「那天我是喝多了，有點不夠理智，這個我可以跟你道歉。」

朱欣冷笑說：「莫克，你不覺得現在再來談這些，沒什麼意義嗎？你如果真的想跟我道歉，早就道歉了，怎麼會等到今天呢？行了，別說這些廢話了，現在就告訴我，你幫不幫忙吧？這一次你可要想清楚再回答，我已經給了你足夠的思考時間了，如果你跟我說不，那我就當你決定跟我一拍兩散了。」

莫克瞪著朱欣說：「朱欣，你一定要做的這麼絕嗎？」

朱欣說：「莫克，不是我做的絕，而是你逼我的。我怎麼也沒想到有一天你會打我，不管怎麼說，我跟你做了這麼多年夫妻，也給你生了孩子，就算我們之間沒有愛，起碼也該有親情吧？你竟然能下得了手打我。」

莫克解釋說：「我不是跟你說了，我那天喝多了嗎？」

朱欣說：「不是你喝多不喝多的問題，而是你就是這種忘恩負義的人，林鈞對你不薄啊，你不是也出賣了他嗎？現在你熬出頭了，是把我這個黃臉婆給踢開的時候了。行了，你不要跟我廢話了，就說你幫不幫我這個忙吧？」

莫克苦笑了一下，說：「你把我逼到這個份上了，我還有別的選擇嗎？行，你這個忙我幫了。」

朱欣哼了聲說：「莫克，不是你沒有選擇，而是在你的心目中，方晶比我重要，你是擔心方晶知道這件事，才會這麼選擇的。」

莫克無奈地說：「行了，朱欣，你也別說這些沒用的了，我答應幫你這個忙，就算是還了你們家對我的恩情，以後我們兩清，互不干涉。」

朱欣說：「你放心吧，這件事完成之後，你的事我再也不管了。」

莫克說：「希望你記住這句話。現在你告訴我，束濤答應了你什麼條件？」

朱欣就把束濤開出的價碼跟莫克講了，莫克聽完，說：「條件還可以，只是別跟他簽什麼合約了，你還嫌沒證據給紀檢部門嗎？」

朱欣說：「那束濤萬一不按照協議履行怎麼辦？」

莫克說：「他真的不想履行，你有合約也是沒用的，反正到時候整個項目都在我的控制之中，他如果不履行協議，我會讓他們吃不了兜著走的。」

朱欣聽了，同意說：「那我就不跟束濤簽什麼合約了。」

莫克又提醒說：「還有，你拿到錢之後，不能馬上就花掉，這個項目眼熱的人很多，肯定會有很多人盯著我們的，你如果不小心些，到時候恐怕你錢還沒花，人就先進去了。」

朱欣說：「這個我心裏有數，拿到錢我不會胡亂花的。」

莫克苦笑了一下，說：「希望你記住這句話，不然的話，我也是會跟著你倒楣的。」

朱欣冷著臉說：「你放心，我不會害你的。」

莫克嘆了口氣說：「你這還不是害我啊，根本就是把我往火坑裏推呢。好了，你通知束濤一聲，這兩天讓他跟我私下見個面，很多事情我需要跟他敲定一下。」

朱欣說：「這個我馬上就可以安排。」

莫克說：「那你就安排吧，不過不能在顯眼的地方，我不想被人看到我跟他見面。」

朱欣就打電話給束濤，說莫克想跟他見面的意思，束濤聽了很高興，就跟莫克約了晚上見面，地點在海川市一家很偏僻的酒樓。

請續看《官商鬥法》Ⅱ 9 葫蘆裏的藥

官商鬥法II 八 百密有一疏

作者：姜遠方
發行人：陳曉林
出版所：風雲時代出版股份有限公司
地址：105台北市民生東路五段178號7樓之3
風雲書網：http://www.eastbooks.com.tw
官方部落格：http://eastbooks.pixnet.net/blog
Facebook：http://www.facebook.com/h7560949
信箱：h7560949@ms15.hinet.net
郵撥帳號：12043291
服務專線：(02)27560949
傳真專線：(02)27653799
執行主編：朱墨菲
美術編輯：風雲時代編輯小組

法律顧問：永然法律事務所 李永然律師
北辰著作權事務所 蕭雄淋律師

版權授權：蔡雷平
初版日期：2016年6月
初版二刷：2016年6月20日
ISBN：978-986-352-297-3

總 經 銷：成信文化事業股份有限公司
地　　址：新北市新店區中正路四維巷二弄2號4樓
電　　話：(02)2219-2080

行政院新聞局局版台業字第3595號 營利事業統一編號22759935

定價：280元　　特惠價：199元

國家圖書館出版品預行編目資料

官商鬥法II / 姜遠方 著. -- 初版. -- 臺北市：
風雲時代，2016.01 -- 冊；公分

ISBN 978-986-352-297-3（第8冊；平裝）

857.7　　104027995